DON PENDLETON

L'EXÉCUTEUR

LE RÉSEAU PHÉNIX

Adapté de l'américain par
STEVEN BELLY

VAUVENARGUES

2012, Traduction ou Adaptation (si auteur français) française : GECEP/HUNTER
ISBN 978-2-2801-9548-5 — ISSN 0337-1182

« Notre pays est en guerre, notre économie est en récession, et le monde civilisé affronte des dangers sans précédent. [...] Certains gouvernements seront timides face à la terreur.

Mais ne vous y trompez pas : s'ils n'agissent pas, l'Amérique agira. »

Extrait du discours sur l'état de l'Union prononcé par Georges W. Bush devant le Congrès des Etats-Unis le 29 janvier 2002

« Nous sommes Légion.
Nous ne pardonnons pas.
Nous n'oublions pas.
Redoutez-nous. »
Anonymous

PROLOGUE

Dubaï, juillet 2012

Le jour se levait sur les eaux miroitantes du golfe Persique et le nouveau quartier de Downtown Burj Dubaï. Les rayons du soleil commençaient à brûler la cité et ses fulgurances architecturales de béton, d'acier et de verre. Bientôt, la chaleur deviendrait insupportable.

Mack Bolan repoussa délicatement le corps nu qui l'enlaçait, souleva les draps en satin léger et se leva. Un instant, il regarda Nadya, l'escort dont il avait loué les services la veille. Elle dormait, au milieu de ses longs cheveux bruns qui tombaient jusqu'à ses hanches de déesse babylonienne. Sous une paisible respiration, ses seins ondulaient comme les dunes du désert.

Bolan esquissa un léger sourire. Nadya lui avait donné accès à la suite où elle exerçait, située au vingt-neuvième étage de la Burj Khalifa, la plus haute tour du monde qui culminait à plus de huit cents mètres au-dessus de la ville.

Un poste de tir idéal.

La prostituée de luxe lui avait également ouvert les portes de son monde de délices… Il ne regrettait pas ce bonus. Même si les plaisirs de la chair lui semblaient de plus en plus fugaces et volatils.

L'Exécuteur balaya du regard la vaste chambre, décorée avec de la pierre, du Zebrano, un bois africain rare et du stuc vénitien auxquels avaient été adjoints des tissus précieux aux infinies nuances de gris et des revêtements muraux en cuir. La lumière tentait de percer les rideaux opaques qui occultaient la grande baie vitrée, donnant sur la capitale de l'émirat.

Bolan jeta un bref coup d'œil à sa montre numérique. Il lui restait cinq minutes. Il entra dans la salle de bains, enfila des vêtements, un jean et une chemisette en lin, puis chaussa une paire de mocassins JM Weston, sans prendre la peine de mettre des chaussettes. Il s'empara de la longue mallette métallique qu'il avait entreposée dans la baignoire à remous, la posa sur la surface en marbre des lavabos et observa son reflet dans le miroir. Il ne se reconnut pas et soupira avant d'ouvrir le curieux bagage.

A l'intérieur, dans des compartiments en mousse alvéolée, reposaient les éléments d'un fusil de précision surnommé « Mini-Hecate ». Bolan les monta rapidement, sans hésitation et observa l'arme obtenue, l'air satisfait. Le PGM338, fabriqué en France par la société PGM Précision, était capable de tirer des munitions supersoniques de calibre.338 Lapua Magnum jusqu'à une distance effective de mille deux cents mètres.

Qui peut le plus, peut le moins, songea-t-il. Aujourd'hui, sa cible évoluerait à seulement neuf cents mètres.

Le Mini-Hecate était léger et très maniable, contrairement aux autres armes à destination des snipers. C'est pour cette raison que Bolan l'avait choisi. Cela n'avait pas été facile de s'en procurer un à Dubaï, mais grâce à l'entremise d'un marchand d'armes soviétique affilié à l'organisation clandestine Blacks Warriors, il avait fini par en dégotter un, moyennant la coquette somme de trente mille dollars, lunette de visée comprise. Bien sûr, il aurait préféré une bonne carabine Marlin 444 avec armement par levier sous garde et système de visée Ghost Ring. Mais celle-ci était plus indiquée pour la chasse en battue et à courte distance. Rien à voir avec sa mission d'aujourd'hui, un petit gibier, mobile et positionné à presque un kilomètre.

Bolan retourna dans la chambre, ouvrit légèrement les rideaux en prenant soin de ne pas réveiller Nadya. Il posa le fusil sur la moquette épaisse, fouilla dans un sac à dos et en extirpa une tournette coupe-verre. Il fixa la puissante ventouse de l'instrument sur la surface vitrée de la baie. Et opéra un tour complet pour graver un tracé sphérique, tout en exerçant une pression constante sur la molette. Son geste s'accompagna d'un crissement comparable à celui d'une lame de patin sur la glace. Nadya gémit. Bolan suspendit son geste. L'escort gesticula, puis se retourna, enfouissant sa tête dans un moelleux oreiller en carbone de bambou. Il ne lui avait administré qu'un très léger sédatif.

Bolan tira sur la ventouse de toutes ses forces, emportant un morceau de verre rond. L'air chaud du dehors s'engouffra immédiatement par le trou pratiqué et se mêla à celui rafraîchi par la climatisation.

L'Exécuteur regarda sa montre.

Une minute.

Il saisit le fusil, ajusta la plaque de couche de la crosse en fonction de sa morphologie, afin de réduire les effets du recul. Puis il épaula le Mini-Hecate, passa délicatement le canon muni d'un long silencieux à travers l'ouverture pratiquée dans la baie vitrée et approcha son œil droit de la lunette d'aide à la visée Schmidt & Bender. Bolan orienta le fusil vers l'entrée d'un immeuble qui lui faisait face et régla la bague de grossissement.

Un gros véhicule tout-terrain blanc entra soudain dans son champ de vision. Le Range Rover Supercharged s'immobilisa, faisant taire son moteur V8 5 litres de 510 chevaux. Quatre gardes du corps asiatiques descendirent rapidement et prirent position jusqu'au hall d'entrée du bâtiment, composant une haie de protection.

Bolan plaça l'un d'eux dans sa ligne de mire. Il observa un instant la petite boucle d'oreille en diamant qui étincelait à son oreille et le tatouage en forme de dragon qui courait sur sa nuque. Il ne s'attarda pas et repositionna sa visée sur la porte arrière du Range Rover. Un petit homme trapu ne tarda pas à en sortir. Il donna un ordre bref à son chauffeur, puis avança vers le hall de l'immeuble. Son pas était rapide. Bolan ne disposait que de quelques secondes pour engager cet objectif à haute valeur. Il plaça le réticule au milieu de l'arrière du crâne de sa cible, pulpe de l'index plaquée sur la queue de détente.

Et fit feu.

Le frein de bouche à inverseur de flux absorba la moitié du recul. Bolan ne broncha pas, son épaule musclée non plus. La balle fusa du canon à la vitesse de 936 mètres par seconde, fendit l'air brûlant et pulvérisa la tête de Kim Hil-ong, un réfugié nord-coréen devenu patron de la mafia de Macao. L'homme était venu à

Dubaï pour garantir un approvisionnement en uranium au nouveau dictateur de Pyongyang, Kim Jong-un. Un marché juteux que Bolan venait de faire échouer.

One shot, one kill !

L'Exécuteur ne s'attarda pas. Il posa son fusil, effaça ses empreintes et harnacha son sac à dos. Avant de quitter la somptueuse suite, il regarda Nadya.

Elle dormait profondément, sur le ventre, offrant ses fesses cambrées et ambrées à la vue. Bolan s'en délecta une dernière fois. A son réveil, elle découvrirait l'arme, téléphonerait vraisemblablement à la Police locale. Elle affirmerait avoir passé la nuit avec un homme roux, moustachu, aux yeux verts. Ce que confirmeraient les enregistrements des caméras de surveillance de l'hôtel Armani. Mais cela avait peu d'importance. Il était grimé. Rosa Chambers, une maquilleuse professionnelle qui travaillait aux studios Pinewood près de Londres avait fait des merveilles. Elle avait transformé Mack Bolan en Patrick Keen, ingénieur commercial en téléphonie mobile de nationalité irlandaise.

L'Exécuteur sortit tranquillement de la tour et entra dans l'ombre dantesque de la Burj Khalifa. Il leva la tête. L'architecte de l'édifice s'était inspiré d'une fleur du désert baptisée Hymenocalis pour concevoir cette prodigieuse superstructure. Bolan ne détecta rien de floral dans ce design démesuré. Il accéléra le pas et se dirigea vers un taxi couleur crème qui attendait sous une chaleur devenue impitoyable.

— Marina Dubaï, se contenta-t-il de lancer au chauffeur en s'installant à l'arrière du véhicule.

Ce dernier démarra sans un mot. Sur la route, Bolan aperçut plusieurs voitures de police, gyrophares tournants et sirènes hurlantes, qui se précipitaient vers la Burj Khalifa.

— Même ici, on n'est plus en sécurité, se plaignit le conducteur d'origine indienne.

Bolan hocha la tête d'un air entendu, figé dans une chape de silence. Le chauffeur n'insista pas. L'expérience lui avait appris à reconnaître les clients taciturnes.

Le taxi fila jusqu'au cœur du nouveau Dubaï, en front de mer, à trente kilomètres environ du centre-ville. Là, le groupe immobilier émirati Emaar Properties était en train d'ériger la plus grande marina du monde, un port de plaisance bordé par plus de deux cents gratte-ciel et immeubles. Le taxi abandonna Bolan au pied de l'un d'eux. L'Exécuteur entra dans le hall, présenta un badge d'accès magnétique à l'agent de sécurité et prit l'ascenseur. Parvenu au dernier étage, il emprunta un escalier de service et déboucha sur une plate-forme où l'attendait un hélicoptère, pales tournoyantes. Instinctivement, il baissa la tête et grimpa dans l'aéronef qui décolla immédiatement.

Via le système de communication, le pilote indiqua qu'ils rejoindraient l'aéroport de Doha, au Qatar, dans quelques heures. Bolan se cala dans son siège et regarda l'île artificielle de Palm Jumeirah, la plus grande du monde. Vue du ciel, on percevait pleinement sa forme de palmier, constituée d'un tronc et de seize palmes. Une pure folie.

L'Exécuteur n'était pas mécontent de quitter cette cité grandiloquente, lui qui aspirait désormais à plus de discrétion.

Lui qui venait d'achever son ultime mission.

CHAPITRE PREMIER

Alaska, un mois plus tard

Une silhouette coulée dans une combinaison en polymère fendit l'air vif qui saisissait cette partie reculée du parc national de Denali, et qu'encadraient les montagnes multicolores de Polychrome Pass. Des caribous observèrent nonchalamment l'intrus filer vers une rivière. La silhouette s'immobilisa devant les flots cristallins où évoluaient quelques saumons. Cagoulée, on ne distinguait pas son visage. Son corps athlétique était moulé dans une tenue profilée qui intégrait de nombreuses poches et un sac ventral. Elle extirpa de ce dernier une tablette numérique, reliée à un téléphone satellite. Ses doigts gantés glissèrent sur l'écran. Une carte apparut. Un logiciel de géolocalisation entra aussitôt en action.

Au bout de quelques secondes, un point scintilla en lisière d'une zone non reconnue. Le logiciel bascula en mode cartographie, libérant des informations topographiques et géographiques. La précision était incroyable. Il faut dire que Google obtenait ses images auprès des mêmes sociétés qui fournissaient des photos satellites aux services de renseignements américains. Quand la CIA demandait des gros plans d'un secteur précis, Google Earth en bénéficiait dix-huit mois plus tard. Plus besoin d'être analyste ou hacker, le grand public avait désormais accès à la planète entière ! Pour l'instant, un seul pays disposait de privilèges dans les lois américaines : la résolution maximale des images commerciales d'Israël ne devait en effet pas dépasser deux mètres par pixel.

La silhouette fixa longuement l'écran de la tablette. Elle mémorisa le chemin serpentant jusqu'au cœur de la forêt boréale qui se dressait de l'autre côté de la rivière et recouvrait une ancienne zone militaire, délaissée depuis la fin de la Guerre froide. Elle rangea la tablette et jeta un bref coup d'œil à sa montre numérique. Puis elle s'accroupit, releva sa cagoule jusqu'au nez, plongea la main dans les eaux limpides et en but une gorgée.

Soudain, le grognement lointain d'un ours retentit. Les caribous détalèrent. La silhouette aussi. Elle traversa rapidement la rivière et s'enfonça dans la forêt, non pas apeurée par la présence d'un plantigrade, mais pour de pures raisons de timing. Dans moins d'une minute, un satellite allait prendre un cliché de la zone, comme toutes les vingt-quatre heures. Elle ne pouvait prendre le risque d'y apparaître.

Sous le couvert végétal, protégée par la canopée, la silhouette ralentit le pas. Désormais, elle évoluait en territoire ennemi. Tout le secteur était truffé de détecteurs, voire de pièges. Si l'armée avait déserté les parages, un prédateur bien plus dangereux l'avait remplacée. C'était pour lui qu'elle était venue jusqu'ici, après un très long voyage.

Brusquement, la silhouette se fit ombre.

Puis l'ombre devint furtive.

Elle anticipait les caméras miniatures, pourtant dissimulées avec soin, esquivant leur regard numérique. Et dans son sillage glissant, elle prenait soin de ne laisser aucune trace. Sa lente et prudente progression la mena trois heures plus tard jusqu'à un chalet sis au milieu d'une petite clairière et adossé à un amas rocheux.

L'observation débuta.

Dissimulée derrière un tronc d'arbre couché, la silhouette s'empara d'une paire de jumelles et scruta son objectif. Le bâtiment, utilisant des matériaux locaux, était intégré à son environnement et s'y fondait naturellement. Des filets de camouflages couvraient la toiture. Les baies vitrées étaient teintées et certainement blindées. Seuls des panneaux photovoltaïques et une parabole saillaient de ce qui ressemblait à un refuge précautionneusement camouflé.

« Es-tu là ? » se demanda-t-elle en zoomant sur la porte d'entrée.

« On dirait que non… », se répondit-elle comme si elle parvenait à distinguer l'intérieur de la bâtisse.

Soudain, un grizzly apparut dans son champ de vision. L'énorme bête se dirigeait vers le porche du chalet. Il s'immobilisa un instant, humant de sa truffe l'air froid et humide.

La silhouette retint son souffle et ralentit son rythme cardiaque.

La tête de l'ours enfouie dans une épaisse fourrure blonde retomba. Il grogna, puis avança jusqu'à un sac en toile suspendu à un rondin planté dans le sol. La bête se dressa sur ses pattes arrière et fit tomber le sac d'un puissant coup de patte. Des bananes se répandirent au sol. L'ours s'en délecta, puis s'éloigna.

La silhouette attendit un instant puis, assurée de l'éloignement de l'animal, se leva et se dirigea vers le chalet. Sûre désormais que sa cible était absente. Sûre d'elle et de son plan. Trop sûre… Aussi, ne s'aperçut-elle pas, en empruntant l'escalier de bois menant au porche, qu'elle venait de couper un faisceau lumineux invisible.

Le Denali imposait son immense masse enneigée à la toundra et à l'Alaska Range[1]. « Celui qui est haut » ou « La Haute » dans la langue des Amérindiens Athabasca, effrayait même les grizzlys qui ne s'aventuraient que rarement dans ses parages. Le Denali était un tueur. Il avait ôté la vie à une centaine d'alpinistes depuis sa première ascension réussie en 1913. Et chaque année, les autorités du parc dépensaient un demi-million de dollars en opérations de sauvetage.

Bolan, minuscule point dans cet infini montagneux, progressait le long d'une paroi rocheuse aux saillies givrées. Il gravit quelques étapes et plaça un point d'assurance dans une fissure, puis redescendit pour rejoindre une rampe neigeuse. Il en profita pour souffler sur ses doigts gourds. Afin de retrouver un peu de sensations, il les appliqua contre son cou où il sentit pulser le sang dans sa carotide. Concentré, il vérifia une ultime fois son baudrier et son matériel. Sûr de lui, il planta ses piolets, puis crocheta son talon droit

1. La chaîne d'Alaska.

chaussé de crampons vers le haut. Et grimpa. Trente mètres, quarante, cinquante…

Le vertige ne l'atteignait pas. En cet instant où il transitait entre ciel et terre, seule l'étreignait une sensation de liberté, pareille à l'ivresse. Ce sentiment n'excluait pas une infinie rigueur. Une attention et une grande précision s'imposaient lors des ascensions en mixte, où roche et glace se trouvaient mélangées.

Bolan repensa à la tour Burj Khalifa de Dubaï. Les édifices humains les plus grandioses semblaient si ridicules, ici. « Que peut l'Homme contre la Nature ? Que puis-je contre ma nature ? » songea-t-il.

Soudain, ses pieds ripèrent. Il chuta et se retrouva suspendu dans le vide, au bout de la corde tendue. Son corps se balançait légèrement. Sa respiration s'accéléra. Il la contrôla, refusant à la panique de l'envahir et de lui faire perdre le contrôle.

Un aigle à tête blanche le frôla en glatissant. Bolan regarda le rapace en souriant. Son cri sauvage le rassurait, lui rappelait qu'il était vivant. Il banda ses muscles, se balança et se plaqua de nouveau contre la paroi. Il gravit les derniers dix mètres de la longueur avec une prudence redoublée.

Parvenu au faîte de la paroi, il se reposa en contemplant le fabuleux paysage qui s'ouvrait devant lui, à 5617 mètres. Le ciel était clair, mais Bolan savait que le Denali était réputé pour ses conditions météorologiques capricieuses, dépendantes pour partie des systèmes climatiques à basse pression générés dans le golfe d'Alaska. Sa latitude polaire offrait toutefois un avantage : vingt-quatre heures de clarté durant la saison estivale. En cette saison, il était donc possible de progresser la nuit comme le jour.

Bolan souffla. Une volute d'air tiède s'envola, dessinant un petit tourbillon. Il la regarda disparaître dans la brise naissante, rabattit la capuche ourlée de fourrure synthétique de sa parka North Face et ajusta le masque protégeant son regard des rayons nocifs qui irradiaient cette altitude. Il avait commencé son ascension en solitaire huit jours auparavant par l'arête Ouest, la West Buttress, une voie ouverte en 1954 par l'explorateur et photographe Bradford Washburn. Son corps tenait le choc et suivait le rythme impulsé par un mental à toute épreuve.

Le passage du col de Denali réussit. Il lui restait désormais à longer l'arête sommitale Sud sur deux kilomètres, jusqu'aux six mille cent quatre-vingt-quatorze mètres du plus haut sommet d'Amérique du Nord. Là-haut, Bolan espérait chasser les fantômes qui le harcelaient depuis son retrait du monde, depuis la fin décidée de cette implacable course à la vengeance qui ne lui avait rendu ni ses parents, ni sa sœur… Les morts n'étaient pas absents, juste invisibles…

Soudain, une vibration l'alerta. Il ôta l'un de ses gants, extirpa un smartphone d'une poche intérieure de sa parka et observa l'écran tiède qui s'embua rapidement. Quelqu'un venait de pénétrer dans le périmètre de sécurité qui entourait son chalet, déclenchant un des six capteurs qui protégeaient les parages de son refuge.

Bolan jeta un coup d'œil vers la cime du Denali. Des nuages aux formes spectrales commençaient à s'y accrocher.

Cela n'annonçait rien de bon.

Ni en haut.

Ni en bas.

Bolan savait qu'il devait rebrousser chemin. Il n'avait pas le choix. L'avait-il seulement eu un jour ? Quand il avait rassemblé dix anciens du Viêt-nam pour constituer la Death Squad, la brigade de la mort[2] ? Quand il avait détruit la famille Gambella[3] ou écrasé l'organisation de Gino Canzonari[4], le parrain de Portland ? Quand il était entré en guerre contre le terrorisme à la tête de l'organisation secrète Blacks Warriors ? Non, Bolan n'avait jamais eu le choix. Car Bolan était devenu, malgré lui, la parfaite incarnation de la Mort. Comme Elle, il ne pourrait jamais s'arrêter.

L'Exécuteur s'approcha du rebord de la vertigineuse paroi qu'il venait d'escalader. Il contempla le vide et songea qu'il était heureusement plus facile de descendre que de monter.

Bolan avait descendu le dénivelé du Denali en moins de vingt-quatre heures. Une performance qui tenait plus de l'urgence que de la performance physique. Il entendait le battement affolé de son cœur résonner dans sa boîte crânienne. Ses muscles saillants brûlaient jusqu'à son âme. Même la forêt autour de lui semblait s'incliner devant ce déchaînement de force et de volonté qui se frayait un passage.

Bolan avait abandonné une partie de son matériel

2. L'Exécuteur N°2 : *Massacre à Beverly Hills.*
3. L'Exécuteur N°7 : *Cauchemar à New York.*
4. L'Exécuteur N°52 : *Hécatombe à Portland.*

d'alpinisme, ne gardant que l'essentiel, son Beretta 93R équipé de munitions 9 mm Parabellum. Allégé, il avait dévoré les kilomètres avec une seule certitude. L'option d'un animal était à exclure. Seule une femelle grizzly qu'il avait surnommée « Maya » se risquait jusqu'au porche et à la véranda. Bolan, afin d'éviter qu'elle détériore les abords du chalet, lui avait laissé un sac de bananes avant de partir. Elle en raffolait.

Dans sa course, Bolan fronça ses sourcils gorgés de sueur. Celui ou celle qui avait déclenché l'alarme était humain et représentait un grave danger pour sa sécurité. Ce problème devait trouver sa solution.

La possibilité d'un piège ne lui avait pas échappé. Un coin de son esprit ne cessait d'alimenter en possibles scénarios la trame d'un guet-apens. Nombreux étaient ceux qui voulaient régler son sort à l'Exécuteur. En première ligne desquels on comptait les mafieux de tous horizons.

Ceux-ci ne l'avaient-ils pas surnommé « La grande pute », « L'Exécuteur » ? Ses adversaires, Bolan ne les comptait plus.

Ils étaient légion.

Mais aucun ne connaissait l'existence de ce lieu, où il était venu chercher, pour la première fois de sa vie, la paix.

Seule une personne, en dehors de Bolan, pouvait le localiser. Elle avait disparu depuis trente ans.

Ce chalet était l'entrée secrète d'un complexe militaire souterrain, construit en 1952 par une section clandestine de la CIA dirigée par le Dr José Garobo, professeur à l'Université de Yale. Ce dernier et une équipe restreinte avaient découvert que l'on pouvait modifier le comportement émotionnel d'un individu en le soumettant à certaines fréquences. Il avait mené dans ce complexe enterré à plus de cent mètres un discret programme consistant à expérimenter des armes psychotroniques. Celles-ci utilisaient un procédé consistant à transmettre à distance un intense champ électromagnétique modulé à l'aide d'un système nommé HAARP[5]. Le but était de neutraliser des troupes adverses, et de manipuler des populations à leur insu. L'arme ultime ! Après l'Exécuteur...

Ce programme avait été interrompu du jour au lendemain le 22 novembre 1963, et le complexe abandonné. L'administration et le Pentagone ignoraient tout de l'endroit. Quant aux membres de l'équipe, ils avaient disparu les uns après les autres à partir de 1965. Quant à la trace de Garobo, elle s'était perdue quelque part en Argentine en 1982. Là où les membres de Phoenix Force[6], rassemblés par Bolan, l'avaient vu lors de leur première mission sans en faire mention dans leur rapport transmis à Blacks Warriors. C'était Yakov Katzenelenbogen, un commando franco-israélien, qui avait rapporté à Bolan les documents cryptés subtilisés à Garobo.

Après analyse, Bolan avait découvert qu'il s'agissait d'un plan détaillé du Denali Complex. Aujourd'hui, seul Bolan et Garobo en connaissaient donc l'existence. Et si Garobo s'avérait un scientifique de premier ordre, il n'était ni le soldat ni le mercenaire capables d'infiltrer une zone protégée.

5. High Auroral Active Research Project.

6. Phoenix Force, n°1 : Argentine deadline.

Bolan s'immobilisa enfin à quelques mètres du chalet. Il éteignit l'incendie qui ravageait sa gorge en vidant sa gourde, tout en ne quittant jamais son repaire du regard. En chemin, il n'avait détecté aucune trace du passage d'un intrus. Aucun des pièges qu'il avait disposés dans un large périmètre ne s'était refermé, ni n'avait explosé.

Cela ne signifiait pourtant rien.

Sauf que l'ennemi s'avérait plus retors que prévu.

Commando Spetsnaz russe ? Béret vert français ? se demanda-t-il en listant mentalement les forces spéciales les plus redoutées au monde. Toutes les options étaient envisageables. Une seule certitude rassurait Bolan. Il n'avait pas affaire à un groupe, mais à un individu isolé. Dans le cas contraire, il aurait déjà été neutralisé.

Un Lone Wolf[7] ?

Bolan vérifia le chargeur de son Beretta puis, arme au poing, bras tendu, il avança vers le chalet. Qui ose gagne[8] !

Il plaça sa main devant le scan palmaire qui gardait l'entrée du chalet. L'hémoglobine désoxygénée des veines de sa paume, éclairée par une lumière infrarouge, absorba la lumière. Ses veines apparurent comme un réseau sombre. Cette représentation de son réseau vasculaire fut extraite par traitement d'image, puis enregistrée. L'authentification s'effectua par rapport au réseau préenregistré dans une base de données stockée sur un serveur. Une diode rouge passa au vert, et la porte s'ouvrit.

Personne ne pouvait violer ce système. Les réseaux

7. Loup solitaire.

8. Devise du Special Air Service britannique.

vasculaires étaient uniques et propres à chaque individu — même chez les jumeaux homozygotes. Pourtant, Bolan savait que quelqu'un avait réussi. Et que cet individu était là, quelque part.

Les sens de l'Exécuteur, affûtés par tant d'opérations, démultiplièrent leur potentiel. Il avança lentement dans le couloir qui conduisait au salon, en prenant soin de placer le canon de son pistolet semi-automatique entre lui et cet ennemi intérieur. A mesure qu'il progressait, il analysait chaque détail, chaque centimètre carré de sa tanière profanée. Ce cheveu sur la lame grinçante du parquet, sur laquelle il évita de marcher. Ce grain de terre, près de l'entrée de la cuisine…

Quelqu'un était entré.

Quelqu'un l'attendait.

Lorsqu'il fit irruption dans le salon, une fragrance ténue confirma soudain ses soupçons. Bergamote, citron, mandarine, additionnée d'une touche aromatique mentholée… Une eau de Cologne, sans aucun doute.

— Je ne t'attendais plus, fit une voix féminine en révélant sa position.

Bolan la localisa instantanément. Elle émanait de derrière un des deux fauteuils en cuir orientés vers une cheminée d'apparat en pierres rondes. Le Beretta était prêt à cracher une rafale de trois coups sur sa cible odorante.

— Tu ne crains rien, je ne suis pas armée, poursuivit calmement la voix.

Bolan resta immobile, sans baisser la garde. Il s'attendait à tout, sauf à une femme. Cet imprévu le déstabilisait, l'empêchait de maintenir sa concentration à son plus haut niveau. Il sentait pourtant que le danger s'éloignait.

— Qui êtes-vous ? interrogea-t-il en avançant d'un pas.

— Qui je suis ?

— Ne jouez pas avec moi et répondez !

Une silhouette se leva et passa devant le fauteuil, en caressant le dossier. Bolan la détailla. Elle avait les cheveux noirs coupés très court. Au milieu de son visage laiteux brillaient deux yeux bleus. Son nez arborait un piercing en platine qui représentait un pentacle stylisé.

La jeune femme était enveloppée dans une combinaison qui ressemblait à du latex sombre, mais qui réfractait étrangement le peu de lumière éclairant la pièce. Son corps athlétique arborait des formes avantageuses, que ne parvenaient pas à effacer les reflets qui se mouvaient sur sa tenue. Bolan maintint son arme braquée sur elle et la fixa. Il émanait de son regard un mélange de colère et de sérénité, une volonté androgyne et une irradiante féminité. Elle ressemblait à un ange gothique, un ange déchu. Restait à savoir pourquoi ce morceau de Ciel était tombé sur Terre…

— Qui es-tu ? répéta Bolan.

Ses lèvres teintes de mauve frémirent. Elle esquissa un pâle sourire et baissa la tête.

— Quelle idiote…, murmura-t-elle.

— Quoi ?

— Rien. J'ai cru que tu me reconnaîtrais…

— Je devrais ? rétorqua Bolan dont la mémoire venait de passer en revue des dizaines de visages de femmes.

— Je ne sais pas… J'avais pensé que…

— Qu'en t'introduisant chez moi, je t'accueillerais les bras ouverts, ironisa Bolan.

— Quelque chose comme ça, oui.

Bolan sentit toute la déception qui teintait cet aveu. Il y avait autant de force que de faiblesse en cette jeune femme qui se tenait devant lui. Un équilibre humain, trop humain… Toute menace s'estompa. Il baissa son arme, maintenant par pur réflexe la pulpe de son index collée à la queue de détente de son Beretta. Il planta son regard dans celui de l'intruse.

— Qui es-tu ?

Elle hésita quelques secondes, fuyante.

— Ta fille…

CHAPITRE II

Bolan accusa le coup. Pas la jeune femme, qui se mit à pleurer. Les deux se faisaient face, sans bouger. Il planait désormais dans le salon un sentiment d'incompréhension, qui avait effacé la crainte, la méfiance, jusqu'au parfum de cette eau de Cologne aux accents d'agrumes.

— Ton prénom ? questionna Bolan en rompant le silence.

— Kira, répondit la jeune femme en reniflant.

— Ma fille ? demanda Bolan en se demandant si elle jouait la comédie.

— Est-ce si difficile à croire ? s'énerva-t-elle.

— Moins que d'imaginer que tu t'es introduite ici, uniquement pour m'annoncer cette nouvelle !

— Tu ne ressens donc rien ?

— Que devrais-je ressentir ?

— Ce que je ressens, moi.

— Mais encore ?

— Que tu es de mon sang…

Bolan n'entendait pas se laisser berner par une évidente opération d'intoxication. Pourtant, il discernait des accents de vérité dans la voix de la dénommée Kira.

Et cela le troublait. Qui était réellement cette jeune femme ? Il décida de creuser la question.

— Je n'ai jamais eu d'enfants…

— Mais beaucoup de relations sexuelles, l'interrompit Kira.

— C'est comme ça qu'une fille s'exprime avec son père ? s'étonna Bolan.

— De nos jours, oui.

— Tu es bien renseignée sur ma vie.

— Le principal te concernant, c'est ma mère qui me l'a appris. Pour le reste, je me suis débrouillée… Tu es né à Pittsfield, dans le Massachusetts. Tes parents, Samuel et Elsa Bolan ont eu trois enfants : Johnny, Cindy et toi. Tu es l'aîné. Alors que tu servais au Viêt-nam, ton père a été victime d'un infarctus et a dû cesser son travail. Il a contracté de grosses dettes auprès de Triangle Industrial Finance, une filiale de la mafia contrôlée par Don Sergio Frenchi et ta sœur s'est prostituée. Par désespoir, ton père a tiré sur ta famille avec un Smith & Wesson.45 et s'est suicidé. Seul ton frère en a réchappé.

Bolan ne broncha pas. Son regard se vida, propulsé des années en arrière. Quand tout avait commencé. Kira, quant à elle, continua à énumérer les informations recueillies sur l'Exécuteur.

— Tu parles espagnol, arabe, russe, et un peu allemand. Tu as eu au moins deux relations sérieuses avec des femmes, Valentina Querente et l'agent fédéral, April Rose…

— Arrête de te foutre de moi ! l'interrompit Bolan, revenu de son passé. Je ne sais pas ce qui t'amène ici, mais tu as intérêt à me dire la vérité, avant que je botte ton derrière de mythomane gothique !

— Ce n'est pas la peine d'entrer en guerre contre moi ! Je n'appartiens pas à la mafia…

— Dans le cas contraire, tu serais déjà morte, petite.

— J'oubliais, souffla Kira. Tu es le fléau du Crime Organisé. La corruption et le vice ne repoussent plus, là où tu as posé le pied !

Bolan esquissa un rictus admiratif. La gamine avait de la repartie. Elle était combative, même en situation de crise. En cela, elle lui ressemblait.

— Qui est ta mère ? demanda-t-il en adoucissant au maximum le timbre de sa voix.

— Milena Constantinov. Tu l'as rencontrée en Croatie. C'était une amie de Jack Grimaldi.

Bolan cilla imperceptiblement à l'évocation du nom de Grimaldi, l'un des plus fameux pilotes avec qui il ait jamais travaillé, capable de maîtriser tout aéronef à turbine, rotor ou réacteurs. Mais l'écho du prénom de la mère de Kira se répercuta en vain dans sa mémoire. Il ne s'en souvenait pas.

— Elle m'a expliqué votre rencontre au bar d'un hôtel de Dubrovnik. Tu venais d'effectuer un blitz. C'est bien comme ça que tu appelles tes raids ?

Bolan acquiesça, tout en luttant contre cette amnésie partielle qui l'empêchait de visualiser la scène que déroulait Kira. Il s'était pourtant bien rendu en Croatie[9] avec Jack Grimaldi. Mais cette opération avait été menée dans le plus grand secret, comme toujours. Comment pouvait-elle être au courant ?

9. L'Exécuteur n°274 : *Ouragan sur l'Adriatique.*

— Elle m'a détaillé la nuit que vous avez passée ensemble. Les confidences et la promesse que tu lui avais faite à cette occasion…

— La promesse ?

— Que si elle tombait enceinte suite à votre nuit d'amour, tu prendrais soin du bébé !

— Les confidences ?

— Ton passé. Ton besoin irrépressible de vengeance. Ton refus catégorique de t'engager sentimentalement… Je continue ?

— Pourquoi pas…

— Et aussi ta volonté de briser la spirale de violence qui t'avait entraîné bien plus loin que tu ne l'imaginais, au-delà de ton enfer personnel. Ton envie de tout plaquer. De te retirer hors du temps et du monde, dans un lieu secret, connu de toi seul…

Soudain, un éclair charnel traversa l'espace mental de Bolan. Il la revit, tendre, aimante, offerte… Nue sur un lit à baldaquin, ses petits seins pointaient d'excitation, au milieu de ses longs cheveux qu'elle avait rabattus jusqu'à son bas-ventre. Il avait passé une seule nuit avec elle. Elle lui avait dit s'appeler Katarina Pivek et appartenir à une organisation clandestine dont la mission était de pister les anciens Oustachis, ces fascistes croates d'extrême droite affiliés au nazisme. On lui avait raconté tant de choses, durant toutes ses années de guerre contre la mafia…

— Tu te souviens, maintenant ? demanda Kira.

— Durant la période que tu évoques, je n'ai pas connu de Milena, mais une Katarina, souffla Bolan en repensant à des yeux bleus semblables à ceux de Kira.

— Katarina était son nom de code, précisa celle-ci.

— Bien sûr, marmonna Bolan, pas vraiment convaincu.

— Tu lui as parlé de cet endroit. Tu lui as même proposé de te rejoindre, une fois que tu aurais raccroché les armes.

Tout remontait à la surface. Et flottait au gré des vagues de son esprit torturé. Bolan savait que Kira avait raison. Pourtant, il refusait de l'admettre. Il ne voulait pas abdiquer devant cette gamine sortie de nulle part. Il voulait croire que quelque chose clochait. Il voulait croire qu'elle mentait. Tout plutôt que de devenir père.

— Si tu dis vrai, comment…

— Pourquoi l'as-tu abandonnée ? l'interrompit Kira, comme si elle voulait conserver l'avantage.

Un frisson électrisa l'échine musclée de Bolan. Ses pupilles se dilatèrent et Kira put y lire deux éclairs de rage pure. Elle recula d'un pas, collant son dos au fauteuil.

— Je n'ai jamais abandonné personne ! tonna Bolan. Tu m'entends ? Ni les hommes qui m'ont suivi au combat, ni les femmes qui ont voulu de moi. Dès le premier verre de rakija[10], c'était clair entre ta mère et moi. Une nuit, pas davantage…

— Vous, les hommes, vous avez le beau rôle ! protesta Kira, en tentant de reprendre le dessus face à la force brute que venait de libérer Bolan.

— J'ai perdu tous ceux à qui je me suis attaché. C'est mon châtiment. Alors j'ai fait le serment de ne plus emporter qui que ce soit dans mon sillage. Que je sois un homme ne change rien à l'affaire. Et sache que j'ai

10. Eau-de-vie de prune très populaire dans les Balkans.

aimé celle que tu prétends être ta mère. Brièvement, mais sincèrement…

Le regard de Bolan retomba. Il rangea son Beretta dans son holster. Il n'en avait plus besoin. Kira hésita à ajouter à la tristesse palpable qui venait de s'abattre entre elle et l'Exécuteur.

— Elle va bien ? finit par demander Bolan en s'asseyant sur un tabouret façonné dans une souche d'arbre.

— Elle est morte. Il y a deux ans, soupira Kira en reniflant.

— Comment ?

— Assassinée par Krunoslav Draganovic, expliqua Kira.

— Ce nom ne me dit rien, murmura Bolan, le visage fermé.

— Tu pourrais au moins faire semblant d'être affecté ! s'indigna la jeune femme en tripotant son piercing.

— Et te présenter mes condoléances ? C'est ce que tu es venue chercher ?

— Et que suis-je donc venue chercher, selon toi ?

— Ce que tout le monde désire, quand un être cher disparaît de façon tragique.

— A savoir ?

— La vengeance.

Kira regarda Bolan, assis sur son tronc d'arbre vernis. Il ressemblait à un séquoia, une création invincible de la Nature. Il ployait sous la tempête, mais ne se déracinait jamais. Il semblait là depuis des siècles, enraciné pour l'éternité dans une terre gorgée de sang.

— Qui est ce Krunoslav Draganovic ? reprit l'Exécuteur.

Kira s'empara de sa tablette numérique, fit glisser

avec dextérité son index sur l'écran tactile et présenta une photo à Bolan.

— Un prêtre, l'un des principaux organisateurs des réseaux d'exfiltration nazis après la Seconde Guerre mondiale. Une pourriture qui s'est trouvée au centre de nombreuses accusations impliquant la Banque du Vatican, la CIA et des organisations fascistes. Il a aidé Klaus Barbie dans sa fuite vers l'Argentine…

— Pourquoi a-t-il assassiné Kata… je veux dire, Milena ?

— Maman avait toujours émis de sérieux doutes quant à son décès, survenu à Sarajevo en 1983. Après une vie de traque, elle avait fini par rassembler suffisamment d'éléments prouvant qu'il était encore en vie, quelque part aux Etats-Unis… Surtout, elle était entrée en possession d'un document rédigé par un agent américain du SSU[11], une unité d'espionnage dépendant du département de la Guerre, et envoyé au Trésor américain. Ce document précisait comment Draganovic avait détourné d'importantes sommes provenant de la spoliation des Serbes et des Juifs, pour soutenir les Oustachis enfuis après la guerre. Deux cents millions de francs suisses auraient ainsi été crédités sur les comptes du Vatican, sur vingt-deux comptes dans quatre banques suisses, après son intervention et celle de deux autres religieux, appartenant aux services secrets du Saint Siège.

— Elle a vu juste, et on l'a exécutée, résuma Bolan.

— Exécutée ? Elle s'est suicidée, corrigea Kira dont les yeux bleus s'embuèrent.

11. Strategic Service Unit.

— Tu as dit qu'elle avait été assassinée par Krunoslav Draganovic, fit remarquer Bolan, dont l'esprit en alerte analysait la moindre faille dans le récit de Kira.

— Ce salopard lui a envoyé une clé USB contenant un fichier vidéo. C'est suite au visionnage de ce film qu'elle s'est tiré une balle dans la tête, clarifia cette dernière avec calme.

— Et que montrait ce film ? interrogea Bolan en se relevant.

— Moi, à onze ans, se contenta de répondre Kira en détournant le regard et en se déplaçant jusqu'à la baie vitrée.

Durant quelques secondes, Bolan hésita. Comment devait réagir un père, face à une telle situation ? Il regarda Kira qui lui tournait le dos et scrutait l'horizon boisé à travers la vitre électrochromatique[12].

Des mots ?

Un geste ?

Cette jeune femme, avant d'être sa fille, était en détresse. Il devait l'aider. Comme il avait toujours secouru ceux qui en avaient besoin. Résolu, Bolan choisit d'agir de la manière la plus naturelle qui soit, en soldat. Il s'approcha de Kira et posa une main sur son épaule recouverte par cette étrange combinaison où couraient maintenant des reflets moirés.

Les effluves ténus d'eau de Cologne l'assaillirent. S'y trouvaient désormais mêlées des notes de frayeur absolue. Bolan connaissait cette peur. C'était celle que ressentait tout combattant à l'épreuve du feu. Quand il

12. Un courant électrique circule dans les différentes couches du verre et provoque à volonté sa coloration, bloquant ainsi la lumière du soleil et la chaleur, tout en autorisant la vision vers l'extérieur.

tenait en joue l'ennemi, et qu'il ne pouvait se résoudre à le tuer. Là, sur le champ de bataille, en cet instant suspendu, l'esprit le plus rationnel pouvait chavirer, le mental le plus entraîné sombrer dans les limbes.

Irrémédiablement.

La plupart des gens redoutaient de mourir.

Bolan, lui, redoutait de perdre son âme.

Kira l'avait-elle déjà perdue ?

— Souvent la peur d'un mal nous conduit dans un pire, murmura Bolan en accentuant la pression de sa main.

Celle-ci se retourna, l'air défait. Surprise aussi, de percevoir soudain une telle proximité.

— Je n'ai peur de rien, sauf de moi-même, affirma-t-elle.

— Nous avons tendance à l'oublier, mais nous sommes notre principal adversaire, acquiesça Bolan, compréhensif. Qu'est devenu Krunoslav Draganovic ?

— Je l'ai tué, se contenta de répondre Kira.

— Comment ça, tu l'as tué ?

— Je l'ai traqué, retrouvé et étranglé, répondit Kira d'une voix neutre et sans affect.

— Bon sang, soupira Bolan. Tu es si jeune…

— Il faut que tu voies cette vidéo…

— Si tu y tiens.

— Tu comprendras sans me juger, affirma Kira avec un air déterminé.

— Pour juger quelqu'un, il faut examiner sa conduite quand il est sain et libre : malade ou en prison, il n'est plus le même ! répondit Bolan avec bienveillance.

Kira inspira profondément, comme pour avaler l'énergie suffisante pour la motiver. Puis, elle se dirigea vers l'écran plat qui surplombait la cheminée. Elle y connecta sa tablette numérique via un port USB et lança une séquence vidéo.

Ce que vit Bolan pendant neuf longues minutes s'imprima au plus profond de son cœur. Nombre d'abominations avaient ponctué son long combat contre le Crime Organisé. Il connaissait la capacité de ses frères humains à engendrer les pires atrocités, à mettre en œuvre les plus abominables sévices. Mais la longue scène à laquelle il venait d'assister dépassait de loin la somme de toutes les horreurs dont il avait été le témoin en une vie.

Kira tétanisée, agitée par de petits tremblements, fixait l'écran désormais traversé par une neige de pixels.

— Qui sont ces hommes ? demanda Bolan avec la fermeté d'une Némésis[13] incarnée.

— Markus Capra, James Harisson, Collin Murray, égrena Kira sans décrocher son regard de la dalle.

Bolan connaissait deux de ces individus, sans avoir jamais vu leur visage auparavant. Murray était à la tête d'un empire informatique. Harisson émargeait aux conseils d'administration de plusieurs sociétés énergétiques américaines. Le troisième lui était totalement inconnu.

— Explique.

— Ma mère partait souvent en voyage pour traquer les anciens Oustachis. Elle me laissait à une vieille tante qui habitait Sarajevo. C'est là que j'ai été enlevée en pleine rue, par un clan de la mafia albanaise spécialisé dans le trafic humain. J'ai été emprisonnée près

13. Déesse de la vengeance dans la mythologie grecque.

de Tirana, dans un ancien monastère. On m'a battue, torturée… On m'a fait subir des choses ignobles… Le lendemain de ce calvaire, j'ai cédé à tout ce qu'ils voulaient…

— Tu n'étais qu'une enfant. Tu as fait le seul choix qu'un enfant pouvait faire, survivre, la consola Bolan, ébranlé par ces révélations.

— Une fois « dressée », ils m'ont envoyée rencontrer mon premier client. Un oligarque russe qui avait acheté ma virginité… Ensuite, j'ai été expédiée à Washington, où ces types m'ont violée et filmée toute la soirée… Je venais d'avoir onze ans. On ne peut rêver mieux comme cadeau ? Non ?

Bolan serra les poings. Son visage se crispa, empruntant les atours dangereux d'un ange exterminateur. La voix de Kira ne tremblait pas.

— Le lendemain matin, j'ai réussi à fausser compagnie à ces trois porcs. En prenant soin de subtiliser la vidéo… Un réflexe hérité de ma mère, je crois. J'ai erré longtemps dans les rues de la ville. Je n'étais plus qu'un fantôme, une ombre qui ne parlait pas un mot d'anglais. Le hasard a voulu que je croise au moins un bon Samaritain sur la route de mon calvaire. Un ancien casque bleu dans les Balkans qui parlait suffisamment le croate pour me venir en aide. Il m'a conduite jusqu'à l'ambassade de Croatie.

— Et tu les as dénoncés ?

— Non. J'ai juste raconté que j'avais été enlevée et que j'ignorais par qui. Je ne voulais pas que ma mère apprenne ce qui m'était arrivé durant ces trois années où elle m'avait crue morte. J'ai privilégié son bonheur à la justice, à ma justice… Ce qui ne m'a pas empêchée de consigner tout ce que ma mémoire avait pu enregistrer et d'enquêter sur mes tortionnaires, jusqu'à aujourd'hui…

— Qui sont-ils ? interrogea sèchement Bolan.

— Le réseau Phénix…

Kira, assise sur un tabouret haut, s'accouda au bar de la cuisine. Son visage blanc enfoui dans ses mains, elle regardait Bolan préparer un thé dans cet espace incongru pour un homme de la trempe de l'Exécuteur. Les gestes de ce dernier étaient précis, apaisés. Il semblait effectivement devenu un autre que celui que Kira était venu chercher.

— Pourquoi lui as-tu confié l'emplacement de ton repère ? demanda-t-elle soudain.

— Parce que je pensais ne jamais y venir, répondit Bolan en versant l'eau bouillante d'une bouilloire dans une théière. Et puis, parce que je faisais confiance à ta mère.

— Tu l'as aimée ?

— J'ai aimé chacune des femmes de ma vie, même celles qui ne l'ont traversée que brièvement, avoua Bolan.

— Comment est-ce possible ? Tu ne t'en souvenais même pas il y a quelques minutes ? C'est le souvenir que j'ai fait revivre que tu aimes ?

— Tu as encore bien des choses à apprendre, jeune fille, plaisanta Bolan en posant une tasse fumante devant Kira.

— N'importe quoi, souffla cette dernière en haussant les épaules.

— Raconte-moi comment tu t'es introduite ici et de quoi est faite cette combinaison.

Kira but une gorgée avant de répondre.

— J'ai un cerveau, attaqua-t-elle.

Bolan fronça les sourcils, étonné par cette entrée en matière.

— En revenant à la vie normale, le choix qui s'est présenté à moi était binaire. Soit je sombrais dans la folie, soit j'essayais de vivre comme si rien ne s'était passé. J'ai opté pour une autre voie…

Kira s'interrompit et but une nouvelle gorgée. Elle se brûla et tira la langue en grimaçant, laissant voir un nouveau piercing.

— Tu en as beaucoup comme ça ? demanda Bolan.

— Quelques-uns, répondit laconiquement Kira. Ça te dérange ?

— Tu es sataniste ?

— Quoi ?

— Ton pentacle, ce truc dans la langue…

— T'es vraiment daté !

Bolan souleva ses larges épaules.

— A mon époque, on arborait les symboles auxquels on adhérait.

— Les symboles sont des diamants qui restituent différemment la lumière selon la facette qui la reçoit, rétorqua doctement Kira.

— Ça me dépasse, soupira Bolan. Tout autant que ta combinaison…

— Une de mes inventions. Elle me permet d'être presque invisible !

— Impressionnant ! s'exclama Bolan sans y croire.

— Quand l'eau d'un torrent rencontre un rocher, elle le contourne et reprend sa route comme si de rien n'était. N'est-ce pas ?

— Euh, oui, fit Bolan en écarquillant les yeux.

Kira s'était levée, avait enfilé une cagoule et s'était écartée.

— En aval, impossible de savoir si telle ou telle molécule est passée directement, ou si elle a contourné le rocher, poursuivit-elle.

Soudain, elle se dématérialisa et disparut. Du moins, c'est ce qu'imagina Bolan, stupéfait.

— Ma combinaison reprend grosso modo ce principe, ajouta Kira dont la voix résonnait dans le vide.

— Où es-tu ? demanda Bolan en se levant à son tour.

— Elle est tissée avec un méta-matériau aux propriétés électromagnétiques, calculées pour que les ondes qui pénètrent à l'intérieur se propagent dans l'enveloppe avant de reprendre leur parcours en ligne droite. En quelque sorte, ce méta-matériau courbe les ondes comme l'eau contourne le rocher. Bon, je dois l'avouer, j'ai piraté l'ordi d'un chercheur chinois de l'Université de Nanjing. Ses travaux m'ont bien aidée.

Kira réapparut dans le dos de Bolan. Ce dernier, surpris, se retourna promptement.

— Tu as fait quoi comme études ? demanda-t-il, effaré par la prouesse technologique.

— Dix ans à Poudlard !

— Poudlard ? s'étonna Bolan qui ne comprenait pas l'allusion à l'école magique du jeune sorcier Harry Potter.

— Laisse tomber, souffla Kira. En fait, j'ai étudié sur internet. Il paraît que mon QI a fait le reste. Je te l'ai dit, j'ai choisi une voie particulière.

— Laquelle ?

— A mon retour à la maison, j'ai décidé que ce que j'avais enduré ne serait rien comparé à ce que mes bourreaux allaient subir. J'ai décidé de tout mettre en œuvre pour devenir leur pire cauchemar. Et je me suis mise à l'ouvrage. J'ai étudié. L'informatique, la programmation, la physique, les arts martiaux…

— Sur le Net ? interrogea Bolan, dubitatif.

— On trouve tout ce dont on a besoin sur le Réseau, confirma Kira. Il suffit de savoir où chercher et comment s'en emparer.

— Tu es donc devenue une espèce de hacker.

— Je préfère le terme hacktiviste. Anonymous, ça te parle ?

— Euh, oui et non, répondit mollement Bolan.

Il valait mieux être prudent.

— Nous sommes Anonymes. Nous sommes Légion. Nous ne pardonnons pas. Nous n'oublions pas. Redoutez-nous, scanda Kira.

— Terrifiant slogan, se moqua Bolan.

— Ça te dépasse, alors tu rigoles ! Il s'agit d'une approche plus moderne et plus technique que l'activisme classique, qui consiste à lancer des pierres contre le G8 ou le Parlement grec… Ah, et, au fait, tu sais quoi ? Mon pseudo sur la Toile te rend hommage !

— Ah…

— C'est « Striker » ! s'exclama Kira, excitée. Je ne devrais pas te le dire, mais bon…

Elle attendait une réaction de Bolan, qui ne vint pas. Celui-ci demeura impassible, figé dans une attitude monolithique.

— Tout ça ne m'explique pas comment tu es entrée ici, se contenta-t-il de marmonner en se resservant du thé.

— Tu veux que je t'explique ?

— Vas-y.

— Via la liaison satellite que tu as laissée ouverte, je me suis introduite dans le serveur qui contrôle tes systèmes de sécurité. A ce sujet, j'attire ton attention sur la faiblesse de tes protocoles de sauvegarde, ainsi que sur la vétusté de ton pare-feu ! J'y ai remédié, ne t'inquiète pas. Je t'ai même abonné aux alertes de sécurité des CERT[14] afin de modifier le paramétrage de ton dispositif en fonction de la publication des menaces virales.

— Merci.

— De rien. Ensuite, j'ai téléchargé dans le répertoire de ton scan palmaire ma propre paume digitalisée. Le tour était joué. Je n'étais plus une inconnue pour le système.

— Impressionnant, fit Bolan.

Cette fois, il le pensait.

— Et maintenant ? poursuivit-il.

— Comment ça, et maintenant ? s'étonna Kira.

— Que fait-on ?

— Eh bien, tu m'aides à éliminer tous les salopards du réseau Phénix et leurs plus gros clients, répondit Kira sur le ton de l'évidence. On va faire une sacrée équipe, tous les deux ! s'enthousiasma Kira. La tête et les muscles !

— Les muscles sont fatigués, soupira Bolan.

— Ça va être un blitz d'anthologie !

— Je ne peux pas…

— Tu refuses de m'aider ? s'offusqua Kira.

14. Les Computer Emergency Response Team sont des centres d'alerte et de réaction aux attaques informatiques, destinés aux entreprises et/ou aux administrations, mais dont les informations sont généralement accessibles à tous.

— Je connais des amis qui pourront se charger de faire le grand ménage.

— Alors ça, si je m'attendais ! Je t'ai fait confiance. Je me suis ouverte à toi. Et toi tu me craches à la gueule !

Le visage d'albâtre de Kira s'était empourpré sous l'effet de la colère et de la vulgarité. Elle serrait les poings, au bout de ses bras plaqués le long du corps.

— Je compatis à ta douleur et ces fumiers seront impitoyablement châtiés. Mais j'ai raccroché, définitivement. Je suis venu ici pour me réconcilier avec mon existence. Comprends-moi…

— Te comprendre ? s'exclama Kira. Je crois que tous ceux qui t'ont aimé ont cherché à te comprendre ! Mais toi ? As-tu cherché à nous comprendre ?

Bolan ne répondit pas. Il se dirigea vers un ordinateur portable posé sur une table basse, l'ouvrit et pianota sur le clavier. Il entra dans le serveur des Blacks Warriors et téléchargea des fichiers de la base de données « Personnel » dont il afficha le contenu à l'écran. Il s'agissait des dossiers de trois membres appartenant à l'organisation clandestine qu'avait jadis dirigée l'Exécuteur.

— Ces hommes sont les meilleurs et les plus fiables.

— Je n'en veux pas ! hurla Kira en balayant l'ordinateur d'un violent coup de pied.

Ce dernier s'envola et s'écrasa contre un mur, avant de retomber sur le sol, la coque brisée. Bolan redressa la tête, sans se lever.

— Si tu es incapable de te contrôler, je te déconseille de t'attaquer à qui que ce soit, professa-t-il.

— Va te faire foutre !

— M'insulter ne te rendra pas plus forte.

— Non, mais ça me fait du bien.

— Ecoute, accepte l'aide de l'équipe que je te recommande et je te promets que tu seras vengée.

— Je veux que ce soit mon père qui s'en occupe ! protesta Kira.

— Ton père, murmura Bolan.

— Ça te semble si délirant que ça, qu'une fille demande à son père de la protéger ?

— Je suis désolé…

— Tu veux la paix, c'est ça ? l'interrompit Kira.

— Oui.

— Alors, putain, prépare la guerre !

Bolan se frotta les yeux. La fatigue, accumulée depuis ces derniers jours, commençait à l'accabler. Il se retint de bâiller, par respect pour Kira et sa douleur. Cette souffrance qu'il comprenait parfaitement, mais qu'il ne pouvait soulager. Il ne savait que trop bien son impuissance à éradiquer ce genre de mal. Ça ne se réglait pas avec une balle dans la tête. Ça ne se réglait pas à coup de grenades, ni de missiles. C'était tellement plus compliqué…

— Ecoute, si tu ne le fais pas pour moi, fais-le pour les autres, reprit Kira en s'approchant.

— Les autres ? s'étonna Bolan.

— Quand j'étais dans ce monastère en Albanie. J'ai vu des dizaines d'autres enfants dans des cellules comme celle où j'étais emprisonnée.

Kira s'interrompit, comme suffoquée par cette révélation, avant de reprendre.

— Phénix est un réseau pédophile international, connecté à plusieurs mafias. Il n'y a que toi qui peux en venir à bout ! Personne d'autre…

CHAPITRE III

— Viens avec moi ! ordonna Bolan en s'approchant de la vaste bibliothèque qui occupait tout un pan de mur du salon.

— Pourquoi ? rétorqua Kira dont la colère n'était pas retombée.

— Lorsqu'un mystère résiste à la sagacité du quêteur, la réponse se trouve quelque part dans les pages d'un livre enfoui dans une bibliothèque, répondit Bolan comme s'il citait un auteur célèbre.

Sous le regard interloqué de Kira, il tira un ouvrage d'un rayonnage, une aventure du détective privé Joe Copp. Aussitôt, un pan du meuble se déplaça latéralement, ouvrant un passage qui exhala un parfum métallique et un frisson électrostatique.

— Tu me la joues James Bond ? ironisa Kira en observant la scène.

— Tu es venue chercher l'Exécuteur, oui ou non ? rétorqua Bolan en avançant dans la pénombre.

Kira esquissa un rictus de malaise et lui emboîta le pas. A peine avait-elle franchi le seuil que la porte secrète se referma en silence. Des néons s'allumèrent en grésillant, éclairant une cage d'escalier aux murs de ciment brut.

— L'envers du miroir ? interrogea la jeune femme.

— La face cachée de notre gouvernement, répondit Bolan en amorçant sa descente.

— Il n'avait pas les moyens de payer un ascenseur ?

— Il ne fonctionne plus depuis des lustres… Pas eu le temps de m'en occuper…

Kira suivit Bolan qui s'enfonçait dans cette spirale bétonnée où chaque pas résonnait dans un écho lugubre. Elle s'amusa à compter les marches, comme lorsqu'elle était enfant.

Bolan la conduisit jusqu'aux entrailles du bunker souterrain construit sous le chalet. Et qui s'étageait en trois niveaux s'enfonçant jusqu'à une centaine de mètres. L'ensemble composait un réseau de galeries et de salles plus ou moins vastes. Celles-ci regorgeaient de matériel obsolète, calculateurs, télex, téléviseurs, moniteurs… Une partie de ces machines était couverte de poussière. L'autre semblait entretenue. Mais dans l'ensemble, cet impressionnant amas technologique semblait avoir été figé par un puissant sortilège jeté dans les années 1970.

Il faisait frais.

Kira expira une volute d'air tiède et regarda Bolan s'activer devant un pupitre. Un panneau de commande électrique, qui manifestement commandait à tout le complexe. Soudain, la lumière nasillarde des néons fut remplacée par une clarté plus crue. Toutes les machines dans la salle s'animèrent, en un lancinant ronronnement.

— Où sommes-nous ? demanda Kira.

— Dans la salle de liaison satellite, répondit Bolan qui fixait un antique moniteur où clignotait un point d'interrogation fluorescent.

— C'est quoi, cet endroit ?

— Au milieu des années 1970, des ingénieurs soviétiques ont essayé de manipuler l'ionosphère et de modifier le climat, par de puissantes émissions d'ondes. La réponse américaine n'a pas tardé. En 1952, dans le plus grand secret, la CIA a donné carte blanche au docteur José Garobo, professeur à l'Université de Yale. C'est pour lui et son équipe que ce complexe a été créé. Il y a testé un procédé consistant à transmettre à distance un intense champ électromagnétique modulé.

Kira ne parut pas surprise par ce qu'elle venait d'apprendre.

— J'ai lu des pages internet consacrées au projet HAARP. Mais c'est un truc pour les paranos !

— Ce que tu vois autour de toi te semble fictif ?

— Je n'en sais rien. Pourquoi m'as-tu amenée ici ?

— Pour détruire le réseau Phénix, nous allons avoir besoin d'informations. Grâce à ce vieux satellite qui va nous servir de relais, nous allons les obtenir.

— Un satellite ? s'étonna Kira. Pourquoi ne pas utiliser celui des Blacks Warriors ? Vu l'âge de ce matériel, il ne doit pas être super performant…

— Justement. Celui-ci, plus personne ne le surveille, l'interrompit Bolan en scrutant l'écran, qui l'interrogeait toujours. Es-tu vraiment douée en informatique ?

— Tu as vraiment décidé de m'aider ? demanda Kira pour confirmation.

— Est-ce que j'ai l'air de me préoccuper d'autre chose que de toi ?

— O.K., fit Kira en souriant. Pousse-toi !

Elle s'installa devant le moniteur récalcitrant, observa la fenêtre qui réclamait un login et soupira.

— C'est pas gagné…

— Tu peux t'en occuper, oui ou non ? s'impatienta Bolan.

— Pas de port USB, encore moins de Firewire… C'est du SCSI !

— Du quoi ?

— Small Computer System Interface, un standard définissant un bus informatique permettant de relier un ordinateur à des périphériques, expliqua Kira. T'es sûr que cet endroit a été abandonné en 1963 ?

— On n'est jamais sûr de rien quand on parle de secret d'Etat… Pourquoi ?

— Parce que ce type de connexions a été inventé par un ingénieur d'IBM en 1979, répondit Kira en extirpant d'une des poches de sa combinaison un petit objet. Heureusement, je ne sors jamais sans mes adaptateurs !

Elle connecta sa tablette numérique à l'ordinateur et lança un script de décryptage.

— Ça va prendre longtemps ? demanda Bolan.

— Je n'en sais rien. Je n'étais pas née quand on a inventé ce truc-là !

Bolan hocha la tête et se demanda quel âge pouvait avoir Kira. Vingt ans ? Elle en paraissait seize. Il essaya de se souvenir de la date exacte de sa rencontre avec sa mère. Sa mémoire se heurta à un mur infranchissable.

— Je vais avoir vingt-deux ans, souffla Kira, les yeux rivés sur l'écran de sa tablette où défilaient des séries de chiffres. Dans deux semaines…

— Ah, fit Bolan sans trouver quoi dire de plus conséquent.

— Tu crois que ça sera suffisant ?

— Quoi donc ?

— Quinze jours, répondit Kira.

— Pour quoi faire ?

— Pour régler notre problème.

— Je ne dispose pas encore de suffisamment d'informations pour te répondre.

— Ce serait chouette comme cadeau d'anniversaire, gloussa Kira.

Bolan imagina une cinquantaine de cadavres truffés de plomb offerts à sa prétendue fille, ainsi qu'un gigantesque gâteau nappé de crème et de sang. Il chassa cette vision d'un bref raclement de gorge.

— Ça y est, je me suis connecté ! cria Kira en levant les bras.

— Le satellite est encore en état de fonctionnement ? interrogea Bolan en s'approchant du moniteur où se déroulaient des lignes de codes.

— Tout est sous contrôle, confirma Kira en se mettant à pianoter sur un antique clavier aux touches crasseuses.

— On peut l'utiliser comme relais ?

— Oui, je l'ai reconfiguré pour qu'il nous assure un maximum de débit internet. Encore quelques minutes et je l'aurai rendu intraçable…

Admiratif, Bolan frappa dans ses mains et partit d'un rire franc et puissant.

— Tu es vraiment épatante !

— Je suis la digne fille de mon père, c'est tout,

rétorqua Kira en tournant la tête. Et maintenant, je me connecte au serveur des Blacks Warriors ?

— Pas besoin que je te donne le mot de passe, je suppose…

— Non, je te remercie, j'ai créé le mien.

— Faudra que j'en touche un mot à l'administrateur de notre réseau.

— Tu ferais mieux de le virer, rétorqua Kira, tandis que sur le moniteur s'affichait la page d'accueil du portail intranet des Blacks Warriors. Au fait, je voulais te demander quelque chose.

— Vas-y.

— Quand je suis arrivée, un ours est venu manger des bananes, un ours blond…

— C'est Maya, une femelle grizzly, expliqua Bolan en souriant. La couleur de leur fourrure dépend de la quantité de protéines qu'ils absorbent. Ici, la majorité de l'alimentation provient de l'herbe. Cela fait des ours blonds ! Plus la quantité de protéines est importante, comme chez les mangeurs de saumons, plus la fourrure est foncée.

— Tu as l'air de t'entendre mieux avec les ours qu'avec les humains, plaisanta Kira.

— Les animaux ne s'entretuent pas, murmura Bolan.

— Voilà, j'ai fini de reconfigurer les protocoles. J'ai le plaisir de t'informer que désormais nous bénéficions d'un accès internet par satellite sécurisé et d'un espace fantôme sur le serveur des Blacks Warriors.

— Bien, fit Bolan. Maintenant, télécharge toutes tes données concernant le réseau Phénix.

Kira s'exécuta, transférant les dossiers vers le serveur depuis sa tablette numérique.

— Et maintenant ? demanda-t-elle, la tâche accomplie.

— Pousse-toi. Je vais éplucher tout ça.

Kira se leva et bâilla.

— Va dormir, conseilla Bolan. Il y a une chambre d'amis là-haut. Je pense que j'en ai pour plusieurs heures avant d'y voir clair.

Kira coinça son pentacle entre son index et son pouce, puis acquiesça d'un hochement de tête. Elle se retira en silence, tandis que Bolan, les yeux rivés sur l'écran, absorbait toute la documentation en lien avec le réseau Phénix.

Kira se réveilla en sursaut, moite, frissonnante comme revenue d'un horrible cauchemar. Elle se leva d'un bond, regarda fébrilement autour d'elle. Puis se rappela soudain où elle se trouvait.

En lieu sûr.

Les battements de son cœur ralentirent. Elle tira sur son T-shirt, moulant sa poitrine ferme, et se dirigea vers la petite salle de bains attenante à la chambre. Là, elle ouvrit le robinet d'un lavabo et mouilla son visage en sueur. Rafraîchie, elle releva la tête, l'immobilisant devant un miroir. Et planta son regard dans celui de son reflet, avec un air de défi.

« Qui es-tu vraiment ? »

Soudain, elle eut l'impression que son image spéculaire se mouvait indépendamment et l'observait. Elle redoubla d'attention, scrutant le moindre frémissement de ce faciès qu'elle pensait connaître par cœur. Elle grimaça grossièrement, sourit de manière forcée…

Chaque fois, la glace lui renvoyait sans délais ses mimiques.

Kira soupira en laissant retomber ses épaules musclées. Parfois, elle avait l'impression de devenir folle. Sans doute fallait-il voir là une résultante de son passé, de ces atrocités qu'on lui avait fait subir quand elle était enfant ? Elle avait toujours refusé de consulter un psychologue. Elle avait toujours pensé qu'elle pouvait, qu'elle devait s'en sortir seule. Peut-être s'était-elle trompée ? Peut-être aurait-elle dû libérer sa parole et non contenir sa haine ? Tout cela n'avait plus d'importance. Désormais, l'Exécuteur s'était rangé à ses côtés. « L'heure de la vengeance a sonné », songea-t-elle en ôtant son T-shirt et en pénétrant dans la cabine de douche.

Des piercings en forme d'étoiles à cinq branches pendaient à chacun de ses tétons. Elle les vérifia, songeant qu'elle allait les remplacer par des anneaux plus simples, et actionna la robinetterie en inox. Une fine et chaude pluie inonda brusquement son corps nu, ruissela sur les cicatrices qui couraient dans son dos, puis sur les tatouages marquant son bas-ventre et la chute de ses reins, une représentation tronquée de l'archange Michel et un dragon. Il irradiait de Kira une beauté sauvage, quasi tribale. Un charme dont elle ne s'était jamais servie. Un charme qui, pourtant, était certainement la plus puissante des armes à sa disposition.

Elle profita longuement de la douche, avec l'impression que cette eau pulsée sur son corps nettoyait, récurait son âme viciée de toute sa noirceur. Sa main frôla son sexe épilé. S'y attarda avec volupté. Elle laissa un doigt s'engouffrer en elle, le fit aller et venir sous la douce pluie qui dévalait les courbes de son corps.

Aller et venir, jusqu'à la jouissance.

Elle se mordit la lèvre, ferma le robinet et sortit de la douche avec l'impression d'être purifiée. Un sentiment fugace qui disparut rapidement, lorsqu'elle constata sur le miroir embué que, mis à part ses cheveux mouillés, son visage était toujours le même…

Bolan était remonté du bunker souterrain. Son expression était grave. Ses traits fatigués. Dans la cuisine, il vida le contenu d'un sachet de café lyophilisé dans un mug siglé « Punisher » et versa dessus de l'eau bouillante. Une odeur d'arabica s'éleva, portée par de petites volutes. Il amena la tasse haute à ses lèvres sèches et but une première gorgée très chaude en se demandant si Kira dormait encore.

— Tu m'en sers un bol ? demanda soudain celle-ci qui venait de débouler derrière le bar.

Elle avait troqué sa combinaison au profit d'un T-shirt noir sur lequel était dessiné un super héro en tenue d'archer, qui flottait sur un jean élimé. Ses cheveux étaient encore humides et ses yeux bleus pétillaient de vitalité. Bolan trouva qu'elle ressemblait à Blanche Neige.

— C'est de l'instantané, précisa-t-il.

— Mon préféré, sourit Kira en s'installant sur un tabouret.

— Tu as bien dormi ?

— J'ai fait un cauchemar, mais dans l'ensemble je suis reposée.

— Un cauchemar ? interrogea Bolan en lui servant le café.

— Je ne peux t'en dire plus. Je ne me souviens jamais de mes mauvais rêves…

— Et des bons ?

— Ça, je n'en fais jamais. Et toi ? Tu as l'air éreinté…

— J'ai consulté tous tes dossiers. Ce réseau Phénix me semble impénétrable. Je n'ai trouvé aucun point de contact.

— Je suis arrivée aux mêmes conclusions, figure-toi, soupira Kira.

— Ça ne signifie pas que Phénix est invulnérable, rétorqua immédiatement Bolan en posant une main sur un épais dossier qu'il venait de poser sur le bar.

— Tu as trouvé une solution ?

— Oui. Les clients.

— Comment ça, les clients ?

— Markus Capra, James Harisson, Collin Murray, égrena Bolan.

— Je ne veux pas qu'on les dénonce ! protesta Kira. Je veux qu'ils souffrent. Je veux les détruire, comme ils m'ont détruite. C'est pour ça que je n'ai jamais divulgué cet enregistrement vidéo et…

— Le réseau Phénix alimente un marché, l'interrompit calmement Bolan. Un marché qui répond à des lois simples : offre et demande. Si l'offre est opaque, la demande l'est peut-être moins.

— J'ai déjà piraté leurs ordinateurs et leurs smartphones, l'interrompit Kira.

— Comment ?

— Facile ! J'ai introduit un fichier.doc infecté par un keylogger. Un programme qui permet d'enregistrer tout ce qui est frappé sur un clavier et de le renvoyer à un ordinateur distant. Imparable pour trouver les mots de passe !

— Il n'était pas fait mention de cela dans tes dossiers…

— Normal, je n'ai jamais rien trouvé, ni photos pédophiles, ni messages laissant penser qu'ils sont liés à Phénix… Ces salopards sont d'une prudence à toute épreuve.

— Ils sont pourtant forcément entrés en contact avec leur fournisseur, marmonna Bolan. Il faut juste découvrir de quelle manière.

— Peut-être n'utilisent-ils pas l'informatique ? risqua Kira.

— Aujourd'hui, qui n'utilise pas sa messagerie ? rétorqua Bolan. Il faut creuser, éplucher leurs courriels…

— J'ai passé plus de deux ans à le faire. Encore aujourd'hui, je les surveille. Et rien ne dépasse, rien n'affleure, se plaignit Kira en finissant son bol de café.

— Tu peux me fournir un historique des mails depuis que tu les surveilles ? demanda Bolan.

— Ça représente une masse de données, mais c'est possible. Il me faudrait juste ma tablette…

— La voici, fit Bolan en posant l'ordinateur mobile en forme d'ardoise devant Kira.

Elle s'en empara immédiatement en souriant. Ses doigts glissèrent avec dextérité sur l'écran tactile, ordonnant le téléchargement de plusieurs fichiers et leur regroupement.

— Tu me ressers du café ? demanda-t-elle en tendant son bol et sans décrocher le regard de la tâche qui l'occupait.

Bolan s'exécuta.

Après une journée consacrée à trier, pointer, comparer les milliers de courriels émis et reçus par les trois agresseurs de Kira, force était de constater qu'ils s'avéraient des adversaires retors. Bolan, assis dans le salon, devant un tas de feuillets imprimés, soupira.

— Je suis certain que la solution est là, sous nos yeux !

— Si tel est le cas, nous sommes aveugles, rétorqua Kira en repoussant sa tablette tactile et en se frottant vigoureusement le front.

— Si un aveugle guide un aveugle, tous les deux tomberont dans un trou, murmura Bolan.

— Tu cites la Bible ? s'étonna Kira. Je te croyais athé…

— Je crois ce que je vois, répondit Bolan en pointant l'index sur une ligne du listing posé devant lui.

Kira se leva et s'étira.

— Tu as trouvé quelque chose ? interrogea-t-elle en bâillant.

— Peut-être, commença Bolan en s'efforçant de rester concentré sur le détail qui venait de lui sauter à la figure. Tu es capable de me dire par quel opérateur ont transité ces courriels ? demanda-t-il en surlignant des lignes et des lignes et en passant au fur et à mesure les feuillets à Kira.

Celle-ci se mit aussitôt à vérifier sur sa tablette numérique.

— Ce ne sont que des messages sans importance, s'étonna Kira.

— Justement, intervint Bolan. Pourquoi ces trois ordures ont-elles envoyé autant de messages insignifiants, à des adresses semblables ?

— Bon Dieu, mais c'est vrai ! Les adresses mail des correspondants changent tous les quatre messages, et ce sont les mêmes pour chacun de ces salopards ! s'écria Kira. Ils ont envoyé des banalités aux mêmes correspondants… Comment ça a pu m'échapper ?

Forte de cette constatation encourageante, elle redoubla d'efforts. Au bout de quelques minutes, le verdict tomba.

— Birmanie ! s'exclama Kira. Un fournisseur d'accès sous la tutelle du Ministry of Post and Telecommunications. Autant dire la junte militaire… Je creuse ?

— Oui, je crois qu'on tient quelque chose, répondit Bolan en continuant à lister les courriels à destination ou en réception depuis ce pays d'Asie du Sud-Est.

— Putain, je ne sais pas comment ils font dans ce pays pour utiliser internet, souffla Kira. Le débit de leur réseau affiche des performances à peine meilleures que celles d'un modem 56K souffreteux. Ça rame méchamment ! Le principal accès à internet provient du câble SEA-ME-WE-3 ou de connexions satellites. Selon mon logiciel, ils disposent de moins de dix giga bits[15] de bande passante.

— Et c'est grave ? demanda Bolan, un peu perdu.

— Rien n'est jamais grave en informatique, mais c'est chiant ! pesta Kira. Ah voilà, ce n'est jamais la même adresse, mais je te confirme qu'il n'y a qu'un seul destinataire.

15. Unité de mesure informatique d'un débit.

— Tu es certaine ?

— Lorsqu'il s'agit d'identifier une adresse IP[16], tu peux me faire confiance.

— La Birmanie, murmura Bolan en se laissant retomber dans son fauteuil.

— Bienvenue à Myanmar Wide Web[17] ! L'un des modèles internet les plus coercitifs au monde, expliqua Kira. A côté, l'Iran est peuplé d'enfants de chœur. Ces tarés ont rationné l'utilisation du Net à des tranches de six heures. Et c'est une entreprise française, Alcatel-Lucent, qui leur a fourni sa technologie d'interception légale en partenariat avec la Chine !

— Tu connais bien le sujet ! s'étonna Bolan.

— J'ai eu l'occasion de chatter avec Nat Soe, un blogueur birman militant. On est devenus amis virtuels, jusqu'à son emprisonnement… Dans le jargon, on appelle ça un Deep Packet Inspection, du matériel de filtrage internet. Il permet à un Etat de lire l'intégralité des échanges électroniques de sa population. Grâce à une espèce d'interrupteur, un switch, qui permet aux autorités d'écouter les conversations, de lire les mails ou d'assister aux tchats vidéo… Une arme redoutable pour tracer les dissidents…

— Ou la tête du Réseau Phénix, compléta Bolan dont le regard venait de s'illuminer.

— Oui, c'est possible ! s'exclama fébrilement Kira. Sur plus de douze mille adresses IP distribuées aux fournisseurs d'accès locaux, tous inféodés au régime soit

16. IP pour Internet Protocol est un numéro d'identification qui est attribué à chaque appareil connecté à un réseau informatique.

17. Une référence ironique au World Wide Web, pour évoquer le verrou birman. Myanmar signifie Birmanie dans la langue nationale.

dit en passant, seule une grosse centaine répond. Cela veut dire que tous les réseaux birmans, à l'exception de ce petit nombre, sont coupés du monde extérieur. Si je parviens à m'infiltrer dans le serveur qui gère le DPI, je pourrai géolocaliser facilement le contact de Phénix en Birmanie.

Kira, surexcitée, se leva et se mit à tourner sur elle-même à la manière d'une petite tornade. Puis, tout à coup, elle s'immobilisa sur la pointe des pieds en grimaçant. En équilibre dans l'air.

— Un problème ? interrogea Bolan en regardant l'étrange ballerine.

— Oui, et de taille, répondit Kira, l'air navré et en se laissant retomber sur le plat de ses pieds. Compte tenu des protocoles de sécurité du serveur en question, il est inenvisageable de l'attaquer via le Net.

— Ce qui signifie ?

— Un ordinateur, ça se pénètre, ça se hacke, ça se pirate. Mais là, je dois opérer sur place, directement sur le serveur…

— En Birmanie ?

— En Birmanie, répéta Kira comme un sombre écho.

— Ce qui serait compliqué, souffla Bolan.

Kira ne l'écoutait pas. Elle n'aimait pas ce refrain défaitiste. Rien n'était impossible. Les limites, c'était elle qui se les fixait. Les yeux rivés sur sa tablette, elle consulta à toute allure via un moteur de recherche des pages internet concernant la Birmanie.

— Tu m'entends, c'est impossible. Pas seuls…

— On peut compter sur les Anonymous, murmura Kira, concentrée.

— Des soldats ?

— Oui, les guerriers du futur.

— Et où les trouve-t-on, tes mercenaires virtuels ?

— Les Anonymous se regroupent dans des espaces virtuels constitués par IRC, une technologie de chat sur internet. Là nous discutons de technologie, de politique et d'activisme, le tout avec une dose de cul et de « lulz »…

— Lulz ?

— C'est un mot dérivé de LOL qui désigne une blague de mauvais goût, expliqua Kira.

— Et tu crois qu'on va s'attaquer à Phénix avec une bande de geeks ? souffla Bolan.

Kira ne répondit pas. Elle venait de trouver une information intéressante.

— Je peux entrer en contact avec un des chefs de la résistance, Khin Maung Wah, proposa-t-elle. Il se trouve à Oslo en Norvège en ce moment…

— Je ne sais pas, soupira Bolan. La Birmanie, malgré le processus de démocratisation en cours, est une prison géante. Ce pays ne m'inspire rien de bon. Quand bien même on parviendrait à s'infiltrer, comment déployer la logistique nécessaire à notre opération ? On ne pourra rien emporter, ni ordinateur, ni matériel, ni armes… Il faudra se fournir sur place… Nous serons à la merci des contrebandiers qui voudront bien nous vendre ce dont nous avons besoin ! C'est le pire cas de figure qui soit.

Kira toucha son piercing en forme de pentacle, comme pour conjurer un mauvais sort. Elle fronça ses sourcils épilés et plissa les lèvres.

— Laisse-moi demander conseil à ce Khin machin. Et nous aviserons. O.K. ?

— Et comment comptes-tu t'y prendre ?

— Je vais pirater sa messagerie et lui envoyer un petit mot doux irrésistible, plaisanta Kira en adressant un clin d'œil à Bolan.

CHAPITRE IV

Kira portait un sweat-shirt rouge à manches blanches dont elle remonta la fermeture Eclair. Elle s'assit sur un tabouret et plaça un masque de Guy Fawkes sur son visage laiteux. Guy Fawkes était un catholique anglais du XVIe siècle partisan de la Conspiration des poudres, fomentée pour contrer la politique intolérante du roi protestant Jacques 1er en matière de religion. Son image avait été récupérée par Alan Moore et David Lloyd dans une bande dessinée culte intitulée V pour vendetta. Suite à cela, le masque de Guy Fawkes était devenu l'icône du mouvement Anonymous, dans la lutte pour la liberté.

Son identité dissimulée, Kira fixa l'œil numérique d'une webcam accrochée à son ordinateur portable. Bolan, hors champ, observait la scène depuis la cuisine.

— Ça ne va jamais marcher, murmura-t-il.

— La ferme, il se connecte, intima Kira en regardant une fenêtre surgir sur l'écran lui faisant face.

Le visage quasi juvénile de Khin Maung Wah apparut soudain dans un tremblement de pixels. L'homme semblait sûr de lui, aguerri par des années de lutte contre l'oppression de la junte militaire.

— Merci de prendre contact avec nous, commença Kira.

— Votre message et votre intrusion informatiques ne me laissaient pas d'autre choix, rétorqua calmement le Birman dans un anglais parfait.

— Nous avons besoin de vous.

— Seul mon peuple a besoin de moi.

— Si vous acceptez de nous aider, vous aiderez votre peuple, assura Kira.

— Vous êtes donc des amis de la Birmanie ?

— Nous sommes les amis de la justice et de la liberté.

— Mon pays est sur cette voie…

— La junte a peut-être officiellement laissé la place à un pouvoir civil. Mais la Birmanie est toujours dirigée par l'un de ses anciens membres. Je me trompe ?

— Le général Thein Sein est effectivement toujours aux commandes. Mais on ne compte plus les avancées : suppression de la censure, autorisation des antennes paraboliques permettant de capter des chaînes étrangères, ouverture des sites internet, libération d'une partie des prisonniers politiques, retour au pays d'opposants, autorisation du droit de grève et des syndicats…

— Et si nous vous aidions à accélérer les réformes ? proposa Kira.

— Comment ? Vous vendez des miracles ? demanda Khin Maung Wah, sceptique.

— Nous avons besoin de renseignements concernant le serveur centralisant les communications de votre pays et d'un soutien logistique militaire, expliqua Kira, qui transpirait sous le masque.

— Rien que ça ! s'exclama le Birman en souriant. Et je devrais faire confiance à un Anonymous ?

— Alors que les médias ont mis un temps fou à se rendre compte de ce qui se passait dans le monde arabe, les Anonymous ont répondu présent dès le départ ! rétorqua Kira. Avec qui préférez-vous travailler ? Avec ceux qui libèrent l'information ou ceux qui la verrouillent ?

Khin Maung Wah se frotta le front et plissa ses yeux fatigués. Il hésitait à répondre. Kira décida de lui offrir quelques arguments chocs.

— Nous avons collaboré avec les dissidents tunisiens pour les aider à partager des vidéos avec le reste du monde, poursuivit Kira, qui sentait son interlocuteur sur le point de basculer de son côté. Nous avons mis au point un kit de secours traduit en français et en arabe, informant les cyberdissidents sur la façon de préserver leur anonymat en ligne et les méthodes pour éviter d'être détectés sur internet par la cyberpolice de Ben Ali.

— Je ne sais pas…, bredouilla le Birman.

— Les Anonymous ont aidé à mettre en place des sites miroirs, à fabriquer des proxys[18] afin d'aider les Egyptiens souhaitant accéder aux sites censurés par leur gouvernement. L'opposition libyenne utilisait l'IRC comme un abri virtuel dès le début des soulèvements ! Ne vous voilez pas la face. Vous n'arriverez à rien, si vous ne l'imposez pas aux militaires de votre pays.

— Laissez-moi réfléchir.

— Nous n'avons pas le temps, rétorqua Kira qui n'entendait pas relâcher la pression.

18. Un proxy est un programme servant d'intermédiaire pour accéder à un autre réseau, généralement internet.

— Une heure, risqua Khin Maung Wah.

— Une heure, répéta kira pour signifier son approbation.

Le visage du Birman disparut dans un nuage de grésillement. L'écran redevenu noir reflétait à présent le visage masqué de Kira. Elle savoura cette image d'elle-même qu'elle préférait à l'autre, meurtrie, salie, avilie... En tant qu'anonyme, tout redevenait possible pour elle. Son identité numérique lui permettait de se reconstruire, jour après jour, bit après bit, zéro après un. Dans l'espace infini du virtuel, Kira n'avait jamais été kidnappée, ne s'était jamais fait violer. Dans l'infini du virtuel, Kira n'existait pas.

Et personne ne jugeait ce qui n'existait pas.

— Tu crois qu'il va accepter ? demanda Bolan en s'approchant.

— Je pense qu'il n'a pas le choix. Et qu'il le sait, répondit Kira en ôtant son masque.

— Ça te va bien, murmura Bolan.

— Il fait chaud sous le plastique, se plaignit Kira.

— Je te parlais de ton sweat-shirt.

— Ah ça ! Je l'ai trouvé dans ton dressing.

— Je l'avais complètement oublié. Il ne m'appartient pas...

— Je m'en doutais, vu la taille. Qui en est la propriétaire ?

— Disons qu'elle fait partie de cette part d'ombre que je préserve et que tu ne peux scruter avec tes ordinateurs, répondit Bolan en entassant du bois dans la cheminée.

— Je finirai bien par savoir, plaisanta Kira.

— N'y compte pas, lança Bolan en allumant le feu.

*
* *

Les flammes dansaient devant les yeux bleus de Kira qui ne parvenait pas à détacher son regard du foyer où crépitait une généreuse flambée. Hypnotisée par cette manifestation de pure énergie, elle songeait à sa vengeance.

Bolan lui proposa à manger, un sandwich informe de son invention posé sur un lit de salade défraîchie. Elle refusa d'un bref mouvement de la main.

— Il faut te nourrir, insista Bolan.

— Il faut te reposer, rétorqua Kira en suivant la trajectoire d'une flammèche.

— Je prends ce qu'il faut pour tenir debout, expliqua Bolan en mordant dans son sandwich.

— Tu te drogues ?

— Disons que j'ai recours à une aide de type pharmaceutique modifiant la vigilance, marmonna Bolan, la bouche pleine.

— C'est ce que je dis…

— Je prends juste du Modafinil. Pas la peine d'en faire une histoire !

— La pilule de l'éveil ? Cette saloperie responsable du syndrome de la guerre du Golfe ? T'es dingue ! s'écria Kira.

— Le sommeil est l'ennemi du soldat, se contenta de répondre Bolan.

— Foutaise, souffla Kira en chipant un morceau de salade. Tu as réfléchi à la manière de coincer Capra, Harisson et Murray ?

Bolan déglutit avant de répondre.

— Ça, c'est peut-être le plus facile de ce putain de

blitz que tu me forces à mener. Ces trois enfoirés ont pris soin de dissimuler soigneusement au monde leurs penchants criminels. Tu m'as bien dit que leurs disques durs étaient vierges de toutes traces ?

— Malheureusement, soupira Kira.

— Le moment venu, on s'arrangera pour qu'il en soit autrement, expliqua Bolan sur un ton d'évidence.

— Malin ! s'écria Kira en affichant un large sourire.

— Dans l'immédiat, je veux que tu expédies un courriel à Phénix pour leur signifier qu'un gros client de la péninsule arabique souhaite passer commande d'une dizaine de jeunes filles et de jeunes garçons vierges, expliqua Bolan.

— Impossible, rétorqua illico Kira. Les adresses utilisées par Capra, Harisson et Murray ne sont jamais les mêmes. Phénix doit les renouveler constamment afin de sécuriser les flux de communications. Si on envoie un courriel à une adresse périmée, deux possibilités, soit elle est refusée, soit on alerte Phénix…

— Utilise la toute dernière.

Kira consulta sa tablette numérique.

— Info@asiacorp, articula-t-elle au bout de quelques secondes. Ça ne marchera pas, elle date du mois dernier.

— Retranscris ce que je vais dicter, ordonna Bolan sans se soucier des avertissements de Kira.

— Je te dis que ça ne va pas le faire…

— Ferme-la et note ! Mon client souhaite une livraison rapide de dix colis harmonieusement répartis. Il veut sélectionner sur place. Un acompte d'un million de dollars est en attente de transfert sur un compte luxembourgeois de la Financial Trust Bank. Numéro 2255999666AB et n'attend que votre ordre.

— Qu'est-ce que ça veut dire ? s'inquiéta Kira en se relisant.

— Que je leur donne un million en gage de ma bonne foi.

— Tu as un million à perdre ?

— A vrai dire, j'en ai plusieurs. Mais ils ne m'appartiennent pas.

— Comment ça ?

— C'est l'argent de la mafia. Tout ce qu'ils ont volé, je leur ai repris. Et aujourd'hui, je le redistribue, expliqua Bolan, l'air amusé par ce tour de passe-passe.

— T'es une sorte de Robin des Bois, souffla Kira en lui jetant un regard admiratif.

— C'est envoyé ?

— Je dois maquiller mon adresse IP, sinon ils vont s'apercevoir que quelque chose cloche.

— C'est envoyé ? répéta Bolan, sourd à ses explications techniques.

— Oui, chef.

— Parfait, nous n'avons plus qu'à attendre.

— Je m'excuse, fit Kira.

— Pourquoi donc ?

— Jusqu'à maintenant, je doutais de toi. De ta réelle motivation à m'aider. Maintenant, je suis sûre que tu es sincère…

— Parce que je claque un million de dollars ?

— Non, parce que tu n'hésites pas à faire ce qu'il faut.

Un petit bruit numérique retentit soudain et empêcha Bolan de répondre.

— Putain, c'est eux ! s'écria Kira. Enfin, je veux dire Phénix. Ils viennent de répondre… C'est dingue !

Son index resta un instant suspendu au-dessus de l'écran. Elle hésitait à ouvrir ce message, comme s'il était contaminé, porteur d'un virus mortel. Une pression de la main de Bolan sur son épaule l'encouragea. Le message envahit l'écran.

— C'est une réponse automatique aux messages entrants, soupira Kira, déçue.

— Pas tout à fait, regarde en bas, murmura Bolan en indiquant une ligne de l'index.

— Une nouvelle adresse ! s'exclama Kira. Je copie, je colle et je réexpédie !

Elle s'exécuta et, à peine une minute plus tard, un nouveau courriel atterrissait dans sa messagerie. Elle en lut à voix haute le contenu lapidaire.

— Communiquez-nous un numéro de téléphone portable. Nous vous transférons la date et les coordonnées du rendez-vous. Virement bancaire validé.

— Transmets celui-ci, dit Bolan en tendant une carte SIM à Kira sur laquelle était inscrit un numéro.

— Il est sécurisé ?

— J'en ai des dizaines, jetables et intraçables, répondit Bolan.

Kira recopia le numéro et répondit. Puis elle remit la carte SIM à Bolan qui l'introduisit dans un smartphone. Quelques secondes plus tard, un message s'affichait sur l'écran tactile.

— Des coordonnées GPS, expliqua Bolan à une Kira fébrile.

Il entra les informations dans un logiciel de géolocalisation.

— Le marché Bogyoke Aung San à Yangon[19]. Dans quarante-huit heures, soupira-t-il.

— Rien d'autre ? demanda Kira.

— Si.

— Quoi ?

— Le montant de la transaction.

— Combien ?

— Trente millions de dollars.

— Tu les as ? s'inquiéta Kira.

L'Exécuteur hocha positivement la tête.

— Mais ça ne servira à rien si ton résistant birman ne reprend pas contact avec nous, expliqua-t-il en rajoutant une bûche sur le feu.

Le visage juvénile de Khin Maung Wah apparut sans prévenir à la surface de la tablette numérique. Kira, qui consultait une page internet consacrée au marché Bogyoke Aung San, sursauta en poussant un petit cri. Alerté, Bolan, qui s'affairait dans la cuisine, la rejoignit.

— Comment avez-vous fait ça ? interrogea Kira en essayant de ralentir son rythme cardiaque qui s'était emballé sous le coup de l'apparition.

— Figurez-vous que j'ai quelques amis doués pour la chose informatique. D'ailleurs, certains vous connaissent…

— Vous m'en direz tant, l'interrompit Kira tout en prenant conscience de la perte de son anonymat.

En faisant irruption de la sorte, Khin Maung Wah

19. Graphie actuelle de Rangoon, capitale de la Birmanie.

l'avait démasquée. Instinctivement, dans un mouvement un peu vain, elle porta une main à son visage.

— Ne vous inquiétez pas. Votre identité sera préservée, la rassura le Birman. Si je reviens vers vous, c'est pour vous signifier mon accord. J'accepte de vous aider.

— Bien, fit Kira, soulagée.

— A mes conditions, ajouta-t-il en souriant.

— Lesquelles ?

— Je vous le dirai une fois que vous serez en mesure de pirater le serveur des télécommunications nationales.

— Pas de zones d'ombre ! intima Bolan en entrant brusquement dans le champ de la webcam.

— Qui êtes-vous ? demanda Khin Maung Wah.

— Peu importe qui je suis. Si vous voulez que nous acceptions vos conditions, vous devez les clarifier dès maintenant.

Le Birman réfléchit un instant. Son regard dévia légèrement sur la droite, comme s'il cherchait l'approbation d'un tiers présent mais invisible. Ce mouvement n'échappa pas à Bolan.

— On laisse tomber ! gronda Bolan.

— Attendez, fit Khin Maung Wah, in extremis. Nous voulons que vous installiez un virus dans le serveur.

— Nous ? questionna Bolan.

— Un virus ? s'étonna Kira.

— Nous voulons garder l'initiative..., risqua le Birman.

— Les défenseurs de la liberté veulent à leur tour jouer à Big Brother, coupa Bolan, qui venait de comprendre.

— Vous ne savez rien de notre histoire, protesta Khin Maung Wah. Nous avons subi le joug de rois despotes et sanguinaires appelés « propriétaire de la vie » ou « maître de la vie, de la tête et des cheveux de ses sujets ». Puis le carcan militaire de la junte nous a étouffés…

— Arrêtez, je vais pleurer, se moqua Bolan. Le pouvoir est juste en train de vous corrompre…

— Ce n'est pas ce que vous croyez. La démocratie que nous essayons de bâtir est fragile, très fragile. Nos ennemis sont encore nombreux. Si nous nous donnons les moyens de les contrôler, c'est tout le peuple birman qui en sortira vainqueur. Et…

— Personne ne sort vainqueur de ce jeu-là ! assura Bolan.

— C'est à prendre ou à laisser, conclut Khin Maung Wah en fermant son visage à la manière d'un papillon collant ses ailes.

Kira interrogea Bolan du regard. L'incertitude planait. L'Exécuteur n'aimait pas l'incertitude. Elle induisait trop souvent le danger.

— Je veux analyser ce virus avant de l'implanter, intervint soudain Kira, consciente que la négociation risquait de capoter.

— Je crois que je peux arranger ça. J'en déduis donc que nous sommes d'accord ?

— Nous serons à Yangon dans vingt-quatre heures, confirma Bolan.

— Vous pouvez m'adresser vos besoins à cette adresse, expliqua Khin Maung Wah.

Un lien vers un site FTP apparut sur l'écran.

— Sur place, retrouvez Yoko, au cybercafé Second Life.

— Qui est ce Yoko ? interrogea Bolan.

— Votre fixer[20], plaisanta Khin Maung Wah.
— Comment on saura que c'est lui ? s'inquiéta Kira.
— Lui saura qui vous êtes, répondit le Birman.
— Est-ce qu'on peut vous faire confiance ? demanda naïvement Kira.
Khin Maung Wah éclata de rire, puis se ressaisit.
— Un proverbe de mon pays dit qu'il y a quatre choses dans la vie auxquelles on ne peut faire confiance : un voleur, la ramure d'un arbre, une femme et un dirigeant ! Thwa mé[21]...
Le visage du Birman s'effaça de l'écran aussi rapidement qu'il y était apparu, laissant Kira sur sa faim.
— Tu crois qu'on peut lui faire confiance ? demanda-t-elle de nouveau à Bolan.
— Je crois surtout qu'on n'a pas le choix, répondit Bolan en s'emparant de la tablette numérique.
— Qu'est-ce que tu fais ?
— Je lui envoie la liste du matériel.
— Dois-je en déduire que je fais partie du voyage ? esquissa Kira.
— Tu viens, mais à mes conditions...
Kira se mit à sautiller de joie et s'accrocha soudain au cou de Bolan. Ce dernier ne sut comment répondre à cette effusion de joie et demeura impassible.
— Tout ce que tu veux... Je serai sage comme une image..., murmura Kira à son oreille.
Longtemps, Bolan avait cru qu'il n'était qu'un bloc marmoréen que rien ne pourrait jamais entamer, que

20. Personne, souvent native du pays, qui accompagne le journaliste étranger dans l'exercice de son métier, qui lui facilite les choses en lui obtenant des documents, en établissant les premiers contacts.

21. Au revoir en langue birmane.

l'armure qu'il s'était forgée depuis la mort des siens le protégerait de tout. Là, en cet instant, il sentit que cette carapace justicière se fendillait. Première lézarde qui, s'il n'y prenait garde, risquait de faire voler en éclats le rempart érigé entre lui et sa folie.

Il repoussa délicatement Kira, qui s'éloigna l'air ravi, et s'aperçut que quelques cheveux noirs de la jeune femme s'étaient accrochés à une manche de son pull. Il frotta cette dernière du plat de la main ; la jeune femme ne le vit pas prendre soin de conserver un échantillon capillaire qu'il glissa discrètement dans la poche de son pantalon.

CHAPITRE V

« Puis un immense serpent liquide, couleur d'étain fondu, figura l'Irrawady. Quand s'amorçait son delta, Rangoun apparut », lut silencieusement Kira, les yeux plantés sur un extrait de la version électronique du roman La Vallée des Rubis de Joseph Kessel.

Son regard quitta l'écran de sa tablette numérique et coula au-delà du hublot. Un paysage très plat, très vert et très humide se révéla, comme noyé de toutes parts par des nappes d'eau couleur sable. Des rizières sans doute. Et soudain, au milieu d'un îlot de végétation, l'aiguille dorée d'une pagode se dessina. Hallucinant, cet or en plein nulle part, songea-t-elle avant d'être ramenée à bord par une annonce du pilote annonçant l'arrivée imminente.

L'avion de la compagnie Myanmar Airways International amorçait sa descente. Kira rangea sa tablette et se cramponna aux accoudoirs de son siège. La carlingue tangua quelques secondes, qui lui parurent une éternité. Elle regarda Bolan qui dormait profondément, assis à côté d'elle. Les passagers et les hôtesses étaient fébriles. Quelques enfants braillaient. Le vol depuis Phnom Penh au Cambodge ne s'était pas révélé de tout repos, ponctué de sévères turbulences… Plusieurs fois, Kira avait failli vomir, incommodée et apeurée par ces sautes d'humeur aériennes.

Finalement, l'avion de ligne atterrit en douceur sur le tarmac de l'aéroport international de Mingaladon, situé à une quinzaine de kilomètres de Yandon. Kira, soulagée, regarda par le hublot. Il faisait beau. Le ciel était clair. Dans l'après-midi déclinant, la lumière dorée jouait sur les feuilles des palmiers qui bordaient la piste.

L'avion roula sur le taxiway et s'immobilisa près d'un terminal où s'activait du personnel au sol. Alors que la passerelle cognait contre l'appareil, Bolan se réveilla. Il s'étira et se frotta la nuque en bâillant.

— On est arrivés ? demanda-t-il à Kira qui était pressée de sortir.

— Pour l'instant, on s'est posés. J'estimerai que nous sommes arrivés à bon port lorsque je prendrai une putain de douche à l'hôtel.

— Moins de vingt-quatre heures pour arriver à l'autre bout du monde… On vit une chouette époque, grogna Bolan en se levant.

Il évita de justesse de se cogner contre le coffre à bagages, ouvrit celui-ci et s'empara du sac à dos de Kira et du sien. Kira le remercia d'un sourire et ajusta la bretelle de son soutien-gorge qui dépassait de son T-shirt siglé Killing Joke.

Autour d'eux, les passagers s'affairaient. Bolan remarqua une petite fille accrochée aux épaules d'un homme qui devait être son père. Elle gesticulait à la manière d'un petit singe. La gamine lui adressa un sourire. L'Exécuteur essaya de le lui rendre, mais malgré ses efforts ne parvint qu'à décrocher un rictus aussi piteux qu'inutile.

— C'est parti, souffla-t-il alors que la porte de l'avion venait de s'ouvrir.

Hors une épouvantable fatigue, trois choses frappèrent Kira en débarquant. L'aspect désuet de l'aérogare, désuet mais moderne et propre, le sourire des Birmans, et enfin la tenue vestimentaire des hommes et des femmes. Tout le monde portait le longyi, une longue bande de toile, semblable à un paréo, nouée en triangle autour de la taille. Les femmes arboraient des longyis plutôt fleuris ou à motifs, et les hommes des longyis à carreaux.

Alors que Kira décryptait ce nouveau monde, Bolan attendait les bagages, près des tapis roulants qui venaient de se mettre en marche. Ses pieds battaient la mesure, autant par impatience que pour chasser les fourmillements.

Soudain, il fendit un mur compact de touristes chinois, attrapa sa valise et se dirigea vers Kira, l'air triomphant. Un homme vêtu d'un jean et d'une chemisette l'aborda au passage.

— Taxi ! Je suis taxi. Je t'accompagne à ton hôtel. Pour pas cher, proposa-t-il dans un anglais hésitant, composé de phrases toutes faites. Tu as visa ?

— Oui, fit Bolan.

Kira s'était chargée d'obtenir les précieux sésames par des voies impénétrables pour l'Exécuteur.

— Alors, je t'emmène.

Le chauffeur s'était accroché à Bolan. Il trottinait

derrière lui, tout sourire, et semblait décidé à ne pas le lâcher. Il avait pris des allures amusantes de poisson-pilote attaché à son requin. Et le squale semblait décidé à s'accommoder de cette subite association.

— Combien ? interrogea Bolan en posant la valise aux pieds de Kira.

— Vingt-cinq dollars, répondit le chauffeur, décidé à emporter l'affaire. Et pour vingt-cinq de plus, je te facilite le passage avec les militaires.

Bolan fronça les sourcils, réfléchit quelques secondes pour la forme et le régla en coupures de dix dollars.

— Je croyais que la monnaie locale était le kyat ? s'étonna Kira qui avait consulté plusieurs guides numériques durant le voyage.

— Le kyat n'a aucune valeur en dehors des frontières du pays, par contre, pour les petits achats locaux, elle est indispensable, expliqua le chauffeur en souriant.

— Il y a un bureau de change à l'aéroport ? demanda Kira.

— Le dimanche, le bureau de change de l'aéroport est fermé, répondit le chauffeur en s'emparant de la valise et en faisant signe à ses clients de le suivre.

Bolan et Kira échangèrent un regard amusé et lui emboîtèrent le pas.

— Où peut-on changer de l'argent ? insista Kira.

Le chauffeur s'immobilisa, regarda autour de lui et lui désigna une femme qui se tenait près d'un panneau publicitaire vantant les mérites d'une compagnie de téléphonie mobile locale. Celle-ci s'anima, comme touchée par un sortilège, et s'approcha de Kira.

— Dollars ou euros ? demanda-t-elle comme une évidence.

— Le taux qu'elle propose est acceptable, rassura le chauffeur.

Au beau milieu de l'aéroport, sous le regard indifférent des policiers, les deux femmes échangèrent de beaux billets américains flambant neufs contre une liasse de kyats, sales et chiffonnés. La transaction effectuée, le chauffeur invita Kira et Bolan à se diriger vers le check point où les visas et les passeports étaient vérifiés.

Manifestement, le chauffeur entretenait un petit business avec les cerbères qui gardaient l'entrée du pays. L'un d'eux fit signe à Bolan et Kira de s'avancer. Tous deux tendirent leurs papiers d'identité. Le soldat ne les regarda même pas et d'un mouvement de tête leur signifia qu'ils pouvaient passer.

— C'est tout ? murmura Kira à Bolan, étonnée par autant de facilité.

— Pénétrer dans une prison est toujours plus facile que d'en sortir, répondit Bolan en accélérant le pas.

Dehors, une chaleur humide s'abattit sur Kira, qui soupira sous le coup de cette torpeur soudaine. Le chauffeur déposa la valise dans le coffre d'une vieille Mercedes à la carrosserie bariolée, puis invita ses clients à monter.

Dans l'habitacle, tapissé de cuir élimé, ça sentait l'encens et des breloques pendaient au rétroviseur. Kira poussa Bolan et s'installa. Elle épongea son front ruisselant avec un bout de son T-shirt.

— Vous pouvez mettre la clim ? demanda-t-elle, l'air suppliant.

— La clim marche plus, répondit le chauffeur, hilare. Mais laisse les fenêtres ouvertes, ça fera bouger l'air !

— Je suppose qu'ici, beaucoup de choses ne marchent plus, murmura Bolan à l'attention de Kira.

— C'est vrai, ça ! s'exclama le chauffeur qui avait entendu.

Kira esquissa un sourire noyé de sueur. Le taxi démarra en pétaradant.

— Tu as vu, le volant est à droite, fit remarquer Kira à Bolan.

— Et la circulation aussi apparemment, ajouta ce dernier.

— Seuls les véhicules récents ont le volant à gauche, expliqua le chauffeur. Durant des années, en héritage de l'occupation britannique, on a roulé à gauche, mais un beau matin, sur un caprice d'un dirigeant de la junte, il a été décidé que le trafic se ferait désormais à droite ! Nous nous sommes adaptés, avec plus ou moins de réussite, à cette nouvelle disposition.

— Dans ces conditions, le chemin va être long, soupira Kira.

— Choisis toujours le chemin qui semble le meilleur même s'il paraît plus difficile : l'habitude le rendra bientôt agréable, rétorqua Bolan.

— Confucius ? interrogea Kira en voulant faire la maligne.

Bolan sourit.

— Pythagore.

Aux abords de Yangon, l'atmosphère était dense mais paisible. La Mercedes multicolore avait réduit son allure sur une route devenue de plus en plus cahoteuse. Et sur laquelle le trafic était nourri. Kira, la tête au vent, observait les nombreux passants qui flânaient le long des trottoirs défoncés de l'ancienne capitale birmane. Les grandes avenues de cette agglomération où habitaient plus de cinq millions d'habitants étaient flanquées de panneaux publicitaires. Passé et modernité s'y enchevêtraient sans complexe, comme dans nombre de villes d'Asie du Sud-Est. Lorsque le taxi s'engouffra dans la vieille ville, ce décor céda la place à enchevêtrement de marchés, de restaurants de rue, de temples bigarrés…

Là, un sentiment de décrépitude flottait dans l'air moite et pollué. Les façades des bâtiments étaient grisâtres, les peintures écaillées et sales. La végétation s'y accrochait avec ardeur comme pour les camoufler. Parfois de lourds bâtiments, d'un style vaguement néo-grec, surgissaient de cette architecture rongée par les moussons, mais sans jamais parvenir à effacer un profond sentiment de monotonie crasse.

Soudain dans ce panorama altéré, se détachant sur le ciel rosi par le crépuscule, apparut la silhouette dorée d'une incroyable pagode qui culminait à environ cent mètres de hauteur. Au sommet du stupa[22] était suspendue une véritable fortune : plus de cinq mille diamants y côtoyaient deux mille rubis, saphirs et topazes. Cet incroyable ensemble architectural rayonnait sous les ultimes rais du soleil couchant.

— Vous avez de la chance, dit le chauffeur. Big festival à Shwedagon ! C'est l'anniversaire de la pagode. Le festival des lumières était interdit depuis plus de

22. Tumulus funéraire en forme de dôme contenant les restes d'un défunt.

vingt ans par la junte. Il a été rétabli pour célébrer les deux mille six cents ans de Bouddha.

— Cette pagode abrite huit cheveux de Bouddha, expliqua Kira qui avait retenu l'essentiel des nombreux guides numériques qu'elle avait compulsés lors du voyage en avion. Il s'agit d'un lieu de pèlerinage international pour les adeptes du bouddhisme theravâda.

— J'ai toujours cru qu'il était chauve, souffla Bolan, qui paraissait anxieux.

— Tu n'as pas tort, acquiesça Kira. Bizarre…

Parvenu à un rond-point, le taxi obliqua brusquement et pénétra dans le quartier indien et chinois. Les maisons et les immeubles s'y trouvaient peints dans des couleurs plus vives les unes que les autres, avec une dominante turquoise. L'humidité et la chaleur avaient patiné ces façades acidulées couvertes de traces noires et de végétation parasite. Les rues, souvenir colonial de la reconstruction par les Anglais après l'incendie de 1841, s'y agençaient par blocks, et chacune accueillait un véritable marché à ciel ouvert, spécialisé en sacs, ramettes de papier, photocopieurs, fleurs, fruits…

Kira remarqua les nombreux tea shops sur les terrasses desquelles des hommes fumaient le cigare et palabraient. Elle vit défiler avec envie les petits restaurants qui fourmillaient de monde. Son ventre gargouilla. Elle avait faim.

La Mercedes slaloma dans un festival de circulation anarchique et périlleuse, entre vélos, bus, camions, piétons et pousse-pousse, puis s'immobilisa devant un immeuble étroit à la façade partiellement vitrée, dans une artère baptisée Konezaydan Street.

— Voici votre hôtel, annonça le chauffeur.

Kira regarda l'entrée, entourée de verdure et surplombée par un panneau de bois sculpté rouge et or sur lequel était écrit : « White House Hotel. »

— Tu es sûr de ton choix ? demanda-t-elle à Bolan qui s'apprêtait à descendre.

— Le meilleur petit déjeuner de la ville, répondit-il en claquant la porte.

Le chauffeur porta la valise jusqu'au hall d'accueil où il salua le concierge qui attendait derrière une banque d'accueil vieillotte. Puis, affichant un large sourire, il glissa une carte de visite dans la poche de la chemisette de Bolan.

— Si vous voulez visiter la ville, précisa-t-il avant de s'éclipser.

L'accueil ne s'était pas révélé formidable. Poli, mais un peu froid au goût de Kira. Une grimace souligna la découverte de sa chambre sans fenêtres, comme souvent à Yangon dans les vieux quartiers, avait-elle lu. Elle ferma la porte derrière elle, posa son sac à dos et se dévêtit, ne gardant que sa culotte et son T-shirt. Puis elle se jeta sur le lit. Les ressorts grincèrent. Ses articulations aussi. Quant à ses muscles, ankylosés par un périple qui lui avait semblé interminable, ils se relâchèrent d'un coup comme des élastiques.

Jamais elle n'avait voyagé si loin.

Elle fixa le plafond lézardé, avec la folle impression

d'être parvenue au bout du monde. Et la non moins folle sensation de ne peut-être jamais en revenir.

La climatisation ronronnait et elle songea à demander un ventilateur pour la remplacer. Histoire de n'attraper ni rhume ni maux de tête. Elle cala sa nuque sous un coussin et écouta un faux silence. Ses oreilles bourdonnaient. Les rumeurs de la rue se distillaient dans l'air rafraîchi. Et la faible épaisseur des cloisons laissait filtrer les bruits de l'installation de Bolan dans la chambre voisine.

Elle se demanda quel pouvait être son état d'esprit. Ils n'avaient pas beaucoup échangé depuis leur départ d'Alaska. Il semblait vouloir se maintenir dans une espèce de méditation, à la manière de ces sportifs de haut niveau avant une compétition. Et s'était enfermé dans un mutisme presque absolu. Rien d'étonnant à cela, se rassura-t-elle. L'Exécuteur s'apprêtait à frapper. Or un guerrier frappait d'autant plus fort son ennemi si celui-ci ne l'avait pas entendu approcher.

Une série de coups brefs rythmés à la manière d'un code tira Kira de ses réflexions. Elle se leva d'un bond et déverrouilla la porte. Bolan, massif, apparut dans l'encadrement. Elle s'écarta pour le laisser entrer.

— Il nous reste neuf heures avant le contact avec Phénix, annonça-t-il.

— Comment va-t-on faire ? s'inquiéta Kira. D'après ce que j'ai pu lire, le marché Bogyoke Aung San est vaste et nous n'avons aucun point de rendez-vous.

— Nous en avons un.

— Pardon ? s'étonna Kira.

— Les coordonnées GPS fournies par Phénix déterminent un endroit précis du marché et non le marché dans son ensemble. Tu devras donc rallier ce point à l'heure dite.

— Moi toute seule ?

— Oui, nous ne pouvons prendre le risque de nous exposer tous les deux, expliqua Bolan qui semblait avoir déjà échafaudé une stratégie. Et à ce que je sache, tu n'es pas tireur d'élite. Donc, tu ne peux me couvrir.

— OK… Et le matériel ?

— Nous devons retrouver le dénommé Yoko sans plus tarder. Pas question d'honorer notre rendez-vous avec Phénix sans armes ni moyens de communication. Je me sens tout nu au milieu d'un banc de piranhas !

— Le temps de prendre une douche…, risqua Kira.

— Non, tu te rhabilles et on file, l'interrompit Bolan sur un ton qui ne souffrait aucune contradiction.

Kira s'exécuta, enfila son jean et chaussa une paire de baskets en toile, tandis que Bolan composait un numéro sur son smartphone.

— Merde, pas de réseau ! grogna-t-il.

— Fais voir, fit Kira en tendant la main.

Bolan confia son téléphone sans poser de questions. Elle remplaça la carte SIM et lui rendit.

— C'est mieux ? demanda-t-elle en affichant un sourire malicieux.

— Oui. Comment tu as fait ?

— Un magicien n'explique jamais ses tours, plaisanta Kira.

Bolan grimaça et recomposa le numéro. Cette fois, il obtint son correspondant.

— Oui, vous nous avez laissé au White House Hotel, il y a moins d'une heure… Vous vous souvenez ? Parfait.

J'ai besoin que vous nous conduisiez au cybercafé Second Life. Vous connaissez ? Très bien.

— Tu as rappelé le taxi de l'aéroport ?

— Il est là dans dix minutes, confirma Bolan en rangeant son téléphone portable dans la poche ventrale de sa chemisette.

— C'est pas bon pour le cœur, signifia Kira.

— Quoi ?

— Les ondes du téléphone. Vaut mieux le fourrer dans ton sac à dos…

— Tu te préoccupes de ma santé, maintenant ?

— Je ne voudrais pas que tu claques avant d'avoir réglé son compte à cette bande de fumiers, répondit Kira en souriant. Et puis, à ton âge, faut faire attention…

— Tu sais ce qu'il te dit, Papy Bolan ? lança l'Exécuteur en sortant de la chambre. Bouge ton cul !

Kira s'empara d'une bouteille d'eau minérale posée sur une table de chevet en teck et lui emboîta le pas.

Dehors, la nuit était tombée. Le chauffeur de taxi attendait devant l'hôtel dans un nouveau véhicule, une Toyota rouge hors d'âge, sans compteur, ni climatisation…

— C'est loin ? demanda Bolan en grimpant à côté du conducteur.

— A cette heure, circulation difficile, se contenta de répondre le chauffeur en souriant.

— J'ai faim, grogna Kira à l'arrière.

— Je connais un bon restaurant, glissa le chauffeur.

— D'abord le cybercafé, ordonna Bolan en cherchant une ceinture de sécurité qu'il ne trouva pas.

— Bourreau, marmonna Kira, l'air renfrogné.

Le taxi démarra et s'enfonça dans l'obscurité. Aucun réverbère n'éclairait les rues. Seuls quelques néons nasillards aux vitrines de restaurants ou d'épiceries diffusaient un peu de lumière blafarde et colorée. Le chauffeur semblait s'en accommoder et parvenait même à distinguer les cyclopousses qui circulaient en tous sens.

Au bout d'une quinzaine de minutes, la voiture s'immobilisa au fond d'une impasse. Le regard de Bolan coula sur le chauffeur.

— C'est ici ! lança ce dernier.

— Ici ? Où ça ? interrogea Kira qui, malgré ses efforts, ne distinguait rien qui ressemble à un café internet.

— Les gens ici ont peur, expliqua le chauffeur. La police politique est moins présente qu'à l'époque de Ne Win, le dictateur précédent. Mais il y a un élément nouveau : l'électronique. Les Birmans sont convaincus que le pouvoir les contrôle à l'aide d'appareils, de caméras… Des jeunes pourtant très forts en technologie se font arrêter par dizaines !

— C'est pourquoi ils dissimulent les endroits où ils se rencontrent, conclut Bolan.

— Le pouvoir a arrêté des gens de médias, des journalistes sur internet, poursuivit le chauffeur. Personne ne sait où ils sont. Internet est très important, mais la junte le sait, ils bloquent les mails, les sites, les articles. Même aujourd'hui, alors que nous sommes sur la voie de la démocratie. Je pensais que l'élection en tant que député d'Aung San Suu Kyi allait changer quelque chose…

— Comment accède-t-on au cybercafé ?

— L'entrée est située derrière ce porche, au fond de la cour, indiqua le chauffeur.

— Pourquoi avoir accepté de nous emmener jusqu'ici ? demanda Kira, méfiante.

— Parce que vous êtes des étrangers, se contenta de répondre le chauffeur, l'air mystérieux. Vous voulez que je vous attende ?

— Comme vous voulez, fit Bolan en descendant.

Kira le regarda s'éloigner. Elle réfléchit un court instant et s'extirpa de l'habitacle avec la ferme intention de le suivre comme son ombre. Tous deux s'enfoncèrent sous une arcade aux sculptures rongées, figurant des dragons aux gueules béantes. Et disparurent, engloutis par les ténèbres poisseuses.

— Au fait, je m'appelle Myo ! lança le chauffeur aux deux silhouettes qui venaient de s'évanouir.

CHAPITRE VI

La pénombre dégoulinait de chaleur. Kira se demanda comment, à cette heure, il pouvait faire encore si chaud. Elle ne distinguait pas grand-chose. Sous la semelle de ses baskets, en revanche, elle sentait des pavés disjoints et avançait avec précaution, dans le sillage de Bolan. Celui-ci ne semblait pas incommodé par le manque de visibilité et progressait comme s'il était équipé de lunettes de vision nocturnes.

Ils évoluaient dans une cour crasseuse au-dessus de laquelle s'élevaient des immeubles fantomatiques. Un silence inquiétant les enveloppait. Bolan, tous sens en éveil, regrettait de ne pas être armé, même si aucune menace précise n'était palpable.

Soudain, une silhouette se découpa dans la noirceur d'une cage d'escalier ouverte sur le dehors. Puis un point rougeoya, éclairant faiblement un visage émacié.

— Tu cherches quelque chose ? lança l'homme à l'adresse de Bolan, dans un anglais limpide.

— Yoko, fit ce dernier avec assurance.

L'homme expira une bouffée de tabac qui forma un petit nuage blanc au-dessus de sa tête.

— Deuxième étage, porte droite.

Bolan remercia d'un hochement de tête et entraîna Kira dans l'escalier. En passant, celle-ci remarqua le pistolet dans un holster ventral en cuir qui débordait de la veste.

— Sentinelle, murmura Bolan.

— Tu n'as pas l'impression qu'on est en train de se jeter dans la gueule du loup ? souffla Kira à voix basse.

— Ils sont juste prudents. Le cran de sûreté n'est pas déverrouillé. On n'a rien à craindre…

Kira fixa Bolan avec stupéfaction. Comment avait-il perçu un tel détail dans pareille obscurité ? Les ressources de cet homme semblaient inépuisables. Et il ne laissait pas de l'étonner.

Parvenus sur un palier envahi de plantes en pots, Bolan et Kira s'immobilisèrent devant une porte rouge sur laquelle était fixé un heurtoir en forme de tête de lézard. Bolan frappa à trois reprises. Au bout de quelques secondes, la porte s'entrouvrit, laissant filtrer un air sec, chargé d'électricité statique et d'ozone. Une jeune femme les accueillit. Elle portait un T-shirt aux couleurs du légendaire jeu vidéo Zelda et affichait le sourire d'une héroïne de manga. Ses joues étaient tartinées de craie jaunâtre. Du thanaka, songea Kira. Une pâte jaune tirée de l'écorce d'un arbre similaire au santal, que les femmes et les enfants birmans appliquaient sur leur visage pour entretenir la peau, la protéger du soleil et se maquiller.

— Touristes ? interrogea-t-elle sur un ton commercial.

— Nous cherchons Yoko, répondit Bolan.

Le sourire de la jeune Birmane s'effaça, balayé par un vent de panique. Son visage se referma. D'un geste de la main, elle invita les deux visiteurs à entrer. Ils obtempérèrent. Elle jeta un coup d'œil inquiet au palier. Puis elle verrouilla la porte derrière eux.

— Suivez-moi, murmura-t-elle.

Bolan et Kira traversèrent un couloir encombré qui débouchait sur une vaste salle remplie d'ordinateurs. Là, une trentaine de personnes, les yeux rivés sur des écrans de toutes tailles, pianotaient frénétiquement sur des claviers. Certains, les plus jeunes, jouaient en ligne, casques audio rivés sur la tête. D'autres, aux allures de routards, se connectaient à leur messagerie ou alimentaient en photos souvenirs leur blog de voyage. Le matériel était vétuste, mais les clients semblaient s'en accommoder.

Au plafond, deux gros ventilateurs, brinquebalants sur leur socle, brassaient péniblement un air asséché. Sur les murs lézardés, des posters publicitaires tentaient de dissimuler la décrépitude. Un téléviseur accroché à un support mural diffusait des images de DVB, Democratic Voice of Burma, une chaîne d'opposition qui émettait en Birmanie depuis Oslo, en Norvège.

— Rudimentaire, ce cybercafé, susurra Bolan à l'oreille de Kira.

— Le pouvoir birman a ouvert le pays au tourisme en 1993, expliqua celle-ci. Hôtels, tourisme, dollars… Dans le mouvement, il a autorisé la création de quelques dizaines d'endroits comme celui-ci.

— C'est très compliqué internet, ici, intervint la jeune Birmane. Mais à Second Life, nous avons une connexion haut débit. C'est pas cher. Vous voulez une connexion ?

— Non, fit Bolan. Juste Yoko, s'il vous plaît.

La mine de la jeune femme se renfrogna un peu plus.

Son regard bridé accrocha celui de Bolan et le guida. Au bout de la longue pièce encombrée d'ordinateurs, un homme réparait un serveur, près du comptoir d'un bar où l'on servait des sodas, du café et du thé.

— C'est lui, indiqua la jeune femme avant de répondre aux vibrations de son téléphone portable et de s'éloigner, l'air déçu de ne rien avoir vendu.

Bolan s'avança. L'homme, les mains dans l'entremêlement de câbles Ethernet, releva la tête. Il n'avait pas l'air surpris par l'irruption de deux étrangers. Il portait un sarong gris, un T-shirt, un sweat dans les mêmes tons neutres et des tongs en velours.

— Vous êtes Yoko ? demanda Bolan.

— Tu vas acheter une carte SIM à ton nom, répondit-il en poursuivant sa tâche. Ce sont tes coordonnées à toi que le vendeur notera, l'adresse de ton hôtel qu'il transmettra au ministère de l'Intérieur. Ainsi, Yoko restera invisible.

— Pas de problème, approuva Bolan. Où est le vendeur ?

— Derrière le comptoir, répondit Yoko. Cette carte SIM, je la glisserai dans mon téléphone portable. Ce sera alors ton seul moyen de me joindre, poursuivit Yoko. Pour le service après-vente, ou autre chose...

Bolan regarda le serveur, un homme âgé, au visage ridé et buriné qui mâchonnait du bétel, de la noix d'arec au pouvoir légèrement enivrant. Ce dernier posa une carte SIM sur le zinc usé et cracha par terre.

— Trois mille dollars, articula-t-il en découvrant une dentition horrible et en posant une fiche de renseignements.

— Vous avez un stylo ? demanda Bolan sans broncher.

— Voici, fit le vieil homme.

Le jus rouge du bétel coulait à la commissure de ses lèvres. Bolan réprima une grimace de dégoût, régla et remplit le formulaire.

— Tu travailles ici ? demanda Kira.

— Ici, et ailleurs.

— Tu as le matériel ? s'inquiéta Bolan en tendant la carte SIM à Yoko.

— Tout ce que tu as demandé. Un instant…

Yoko termina sa réparation, vérifia que le serveur était de nouveau alimenté et se frotta les mains de satisfaction. Il extirpa l'ancienne carte SIM de son téléphone portable qu'il brisa d'un coup de dents et la remplaça par celle achetée par Bolan.

— On y va, annonça-t-il en fermant son sweat-shirt gris et rabattant sa capuche sur son visage de quadragénaire soucieux.

Bolan remarqua qu'il appliquait les gestes de la clandestinité comme une procédure routinière, sans l'emphase dont le cinéma userait pour camper son personnage. Kira, elle, était sur la défensive, trouvant que toutes les étapes de leur rencontre s'enchaînaient un peu trop facilement.

Yoko guida Bolan et Kira jusqu'à un garage situé derrière l'immeuble. Il ouvrit le rideau métallique qui en occultait l'accès et y pénétra. Soudain, une timide lumière diffusée par une ampoule fatiguée qui pendait au bout d'un fil électrique éclaira l'intérieur. Yoko referma l'imposante porte en tôle ondulée, puis se dirigea vers le centre de la pièce qui sentait l'humidité et le cambouis.

— Voilà, fit-il en tirant sur une bâche.

— Qu'est-ce que c'est que ça ? s'étonna Kira.

— Un camping-car Bedford CF 250 1979 bleu ciel et blanc crème, répondit Bolan en posant une main émue sur la carrosserie abîmée.

— Je n'ai rien trouvé d'autre. Pas assez de temps, soupira Yoko. Tout le matériel est à l'intérieur. Et croyez-moi, c'est déjà un exploit dans un pays où personne ne peut posséder un fax ou un modem sans autorisation…

— Qu'est-ce qu'on va foutre d'un camping-car ? ronchonna Kira.

— Si le fameux combi Volkswagen était le van des hippies, celui des jeunes, c'était le Bedford CF, rétorqua Bolan, nostalgique.

— Ça va nous servir à quoi ? répéta Kira.

— Bon, ça ne vaudra jamais un mobil home GMC[23], mais on fera avec, murmura Bolan sans tenir compte des remarques de Kira.

Il monta à bord et commença à contrôler le matériel qui y était entassé. Smith & Wesson M & P40, un pistolet à carcasse polymère haute densité, plus robuste que le Glock. Une carabine SIG 553 Commando ultra-compacte, calibre.223. Un fusil de précision CZ Mod 750 S1 M1, calibre.308, crosse ajustable, bipied Harris,

23. Référence au Char de Guerre high-tech de l'Exécuteur, créé par Don Pendleton en 1973. Cet extraordinaire véhicule bourré de gadgets, dont les plans sont disponibles dans The Executioner's War Book publié en 1977 par Pinnacle Books, apparaît en 1984 en France dans L'Exécuteur n° 20 : *Le nivellement de New Orleans.*

deux chargeurs dix coups, lunette Zeiss 6-24x56 avec compensation, canon lourd compensé, bande anti-mirage, valise de transport, sac tactique et tapis de tir. Un Brugger & Thomet MP9, le pistolet-mitrailleur le plus compact, le plus léger, et le plus sûr pour l'utilisateur.

Kira le rejoignit et observa cette débauche d'armes à feu.

— Et l'informatique ? s'inquiéta-t-elle.

— Au fond, sur la banquette, précisa Yoko.

Elle enjamba un paquet de Semtex, un puissant explosif de type plastic inventé et fabriqué en Tchécoslovaquie depuis la fin des années 1960. Contourna une caisse en métal contenant un lance-missile sol-air russe, 9K338 Igla-S. Et parvint devant un amas de matériel informatique.

— Oh, merde ! s'exclama-t-elle comme si elle venait de découvrir le Saint-Graal. Un Panasonic Toughbook CF-19…

— J'étais certain que ça te plairait ! lança Bolan en vérifiant les chargeurs du Smith & Wesson M & P40. C'est costaud, à ce qu'il paraît…

— C'est un ordinateur portable militarisé, répondit Kira avec émotion. Disque dur garanti antichoc jusqu'à presque deux mètres. Son processeur supporte le nouveau jeu d'instructions de cryptage AES, ce qui permet d'utiliser un disque dur crypté sans pertes de performance.

— Pas très girly…, plaisanta Bolan en faisant référence au look de la « bête », boulonnée, et coquée en composite injecté de métal.

— Côté connectique, c'est le top ! poursuivit Kira en actionnant le levier qui maintenait l'écran en position fermée. Port série et modem 56k côtoient le Firewire, et sont rassemblés derrière des trappes individuelles en caoutchouc, histoire de limiter la pénétration de l'eau et de la poussière. Le disque dur et la batterie sont extractibles via des portes mécaniques à double sécurité, et tropicalisées ! Wifi, Bluetooth, deux antennes intégrées en haut de l'écran permettent une réception WLAN optimale…

— Ce n'est pas ma partie, soupira Bolan.

— Le Touchpad est résistif. Il est conçu pour fonctionner avec des gants. C'est étanche et on peut renverser l'équivalent d'un bon verre d'eau dessus sans souci. Presque neuf heures d'autonomie… Et l'écran est tactile…

Kira se comportait comme une enfant qui découvre son nouveau jouet sous le sapin de Noël. Bolan la regarda, impressionné par ses compétences. Prêt à la croire sa fille…

— Je me suis permis d'ajouter un petit bonus, intervint Yoko. Un système de communication audio miniaturisé. Ainsi qu'un système de localisation GPS. Ils se trouvent dans la valise derrière le siège conducteur. Ah oui, et aussi une imprimante portable…

— Merci, fit Bolan en se levant et en lui tendant la main. Vous prenez d'énormes risques, j'imagine…

— Si nous sommes arrêtés, j'écoperai sûrement d'une peine de sept à dix ans de prison, répondit calmement Yoko. Ça dépend de ce que vous direz sur moi… Ah, j'oubliais, j'ai également ceci pour vous.

— Merci, fit Bolan par anticipation.

— Non, pour la jeune femme, corrigea Yoko.

— Appelez-moi Kira.

Yoko hocha la tête.

— C'est la chose que vous devrez injecter dans le serveur des télécommunications, expliqua-t-il en posant une clé USB dans la paume ouverte de Kira.

— Ne vous inquiétez pas, ce sera fait, le rassura celle-ci.

— J'ai de bonnes raisons de m'inquiéter, rétorqua Yoko. La rumeur court depuis quelques mois que le gouvernement possède une technologie lui permettant d'espionner les courriels et d'avoir accès aux données personnelles stockées sur les disques durs de tous les citoyens équipés…

— Vous pensez réellement qu'ils en ont les moyens ? l'interrompit Bolan. Enfin, depuis que nous sommes arrivés, on n'a pas l'impression d'évoluer dans un pays high-tech, mais plutôt d'être revenus cinquante ans en arrière…

— J'en suis persuadé. Si vous envoyez un courriel, il faut écrire le sujet. Si c'est sensible ou s'il y a le mot démocratie dedans, un software peut identifier et pénétrer votre intimité numérique…

— Qui peut déployer de pareils moyens technologiques à part la NSA[24] ? interrogea Kira.

— On ne sait pas très bien, répondit Yoko. On parle de Chinois et de Russes, de Français aussi… Ce qui est sûr, c'est que nos ennemis connaissent la puissance du Réseau. En 2007, nous avons envoyé des images de la révolution de safran. Des heures et des heures de téléchargement de fichiers Quicktime ! Suite à cette

24. La National Security Agency est un organisme gouvernemental américain responsable de la collecte et de l'analyse de toutes formes de communications.

opération, des cameramen clandestins qui alimentaient notre quartier général en Norvège sont tombés, des blogueurs, des hackers les ont suivis… Tous trahis par leurs communications sur le Net…

— La révolution de safran ? interrogea Bolan qui ignorait à quoi Yoko faisait référence.

— Un soulèvement mené par des moines et dont la répression par les forces de sécurité ont fait plus de trente morts et des centaines de blessés, expliqua Kira, sous le regard étonné de Yoko.

Bolan détestait les injustices. Celle qui consistait à tirer sur des moines lui sembla soudain aussi insupportable que celle qui touchait les enfants enlevés et abusés par Phénix. Chaque fois, c'était la pureté que l'on s'acharnait à souiller, pour façonner un monde à l'image des hommes qui le gouvernaient.

— Longtemps, les militaires birmans sont restés hermétiques à la modernité, poursuivit Yoko. L'ancien dictateur Ne Win dirigeait le pays entouré de sorciers, d'astrologues et de numérologues. Son chiffre fétiche était le neuf. Sous son règne, la Birmanie était le seul pays au monde dont les billets de banque étaient des multiples de neuf ! Mais la nouvelle génération de militaires a compris que la technologie était une arme bien plus puissante que la magie.

— En tout cas, ma magie personnelle n'opère pas, se plaignit soudain Kira qui tentait de surfer sur internet.

Elle essayait, via son nouvel ordinateur portable, de contourner les pare-feux et les systèmes de blocage, mais se cognait sans cesse à une page blanche avec, en lettres rouges, toujours le même bandeau : ACCES REFUSE. Toutes les messageries occidentales, Gmail,

Hotmail, Yahoo, et tous les sites d'information s'avéraient inaccessibles.

— Essayez avec des proxys indiens, conseilla Yoko.

Elle s'exécuta et, au bout de quelques minutes, parvint à contourner les checkpoints électroniques installés par la junte afin d'empêcher la population d'accéder aux sites internationaux.

— Merci, lança-t-elle à l'adresse de Yoko, en triturant son piercing en forme de pentacle. Savez-vous où se trouve le serveur ?

— Les militaires se préparent à créer un nouveau fournisseur d'accès internet, quelque part au nord-est de Mandalay. J'en saurai plus demain…

Yoko avait ouvert de nouveau le rideau métallique. Il se tenait entre ombre et lumière, à la lisière de la visibilité.

— Je vous enverrai un SMS, lança-t-il avant de s'évaporer dans les ténèbres.

— Il prend de sacrés risques… ? remarqua Kira en refermant l'ordinateur aux allures de valise nucléaire.

— Il a la foi, répondit Bolan au volant du camping-car.

Kira s'installa à ses côtés, sur le siège passager. Il démarra, fébrile. Le moteur à essence 2,3l Vauxhall gronda.

— Quatre-vingts chevaux, boîte auto GM à trois rapports, expliqua Bolan sur le ton d'un garagiste. Ça plafonne à cent dix, mais c'est vraiment un fourgon agréable à conduire. La boîte auto est douce, le moteur est assez « coupleux », la direction est très légère dès qu'on roule.

— Tu m'expliques à quoi va nous servir cette antiquité ?

— Lors de mes blitz, j'ai souvent souffert de ne pas bénéficier de base arrière, répondit Bolan en programmant le GPS sur les coordonnées de l'hôtel. Les théâtres d'opérations étaient variés. Difficile d'établir chaque fois un centre opérationnel fixe.

— Et tu as opté pour un poste de commande mobile, compléta Kira.

— Oui, une base sur roues. Au fil du temps, des amis ingénieurs y ont apporté une technologie d'écoute et d'armement.

— Et le taxi ! s'écria soudain Kira en repensant au chauffeur qui les avait accompagnés jusqu'ici et les attendait de l'autre côté de l'immeuble.

— Tiens, appelle-le, fit Bolan en tendant son smartphone à Kira. C'est le dernier numéro composé.

Kira s'exécuta, conversa quelques secondes puis raccrocha.

— C'est réglé, souffla-t-elle en rendant le téléphone portable à Bolan.

Le Bedford emprunta une ruelle étroite et sombre, puis déboucha sur une artère plus large éclairée par des enseignes géantes qui clignotaient vulgairement : Samsung, Sony et Cie ! La circulation y était dense. Bolan redoubla d'attention, tout en suivant les injonctions féminines de son GPS.

Sur les trottoirs délabrés, des dizaines d'hommes assis sur des chaises en plastique suivaient un match de foot devant des gargotes éclairées à la bougie.

Au sortir d'un rond-point, las de se traîner, Bolan écrasa la pédale d'accélération, arrachant un long vrombissement au moteur.

Le van, hurlant, s'enfonça dans la nuit, aussi radicale

que cette guerre que l'Exécuteur s'apprêtait à livrer en Birmanie.

Prêt à s'y perdre.

— J'ai faim, murmura Kira.

Bolan gara le van dans une rue perpendiculaire à celle de l'hôtel. Il passa à l'arrière, rangea le matériel dans des coffres métalliques prévus à cet effet et verrouilla les serrures numériques.

— Tu viens manger ? demanda Kira.

— Le contact avec Phénix est prévu dans six heures. Je préfère mettre à profit le temps qu'il reste et peaufiner notre stratégie. Et puis, manger la veille d'une opération ne me réussit pas…

— Moi, je n'en peux plus, faut que je grignote un truc !

— Ne rentre pas trop tard, conseilla Bolan en regardant Kira descendre.

Kira marcha un petit moment au hasard dans la ville éteinte. Elle éprouvait une sorte d'ivresse à déambuler ainsi, sans but précis au milieu de la nuit, seulement guidée par l'envie de remplir son estomac. Elle croisa quelques silhouettes fugaces, éclairées par les phares de pick-up surchargés. Leurs faisceaux illuminaient sporadiquement des portions de façades, des îlots de verdure, des morceaux de trottoirs éclatés… Ces flashes renforçaient en elle un sentiment étrange, celui d'être égarée dans un rêve. Pour elle dont la vie nocturne était ponctuée par d'horribles cauchemars depuis son enlèvement, cette balade onirique en plein Yangon relevait du réconfort et de l'apaisement.

Kira finit par tomber sur une rue parfaitement éclairée. Chinatown, 19th Street. Une rue vivante, piétonne, avec des stands de brochettes fumantes, des vendeurs de pastèques jaunes, des karaokés… Kira avisa la grande terrasse d'une beer station ; elle allait enfin pouvoir dévorer quelque chose. Elle s'installa à une table et remarqua que, pour commander, les Birmans avaient une façon de faire particulière. Ils appelaient le serveur par un bruit évoquant deux claquements de bisous bien sonores. Elle les imita. Avec succès.

Un serveur en chemise violette, dont le longyi ne tombait que jusqu'aux genoux, se planta devant elle. Il avait les cheveux bien lissés et une expression très douce. Kira commanda des crevettes Myanmar style et du calamar sauté aux légumes.

— Et une bière, ajouta-t-elle.

Le serveur ne nota rien, comptant vraisemblablement sur sa mémoire pour sauvegarder la commande, et s'éclipsa dans un sourire.

— Vous ne devriez pas, risqua un jeune homme assis à la table d'à côté.

— Quoi donc ? s'étonna Kira.

— La Myanmar Beer profite en partie au gouvernement. C'est une joint venture[25] !

— La belle affaire, souffla Kira qui ne comprenait pas ce que cela signifiait.

— Touriste ? demanda le jeune homme.

25. Le terme joint venture est l'expression en anglais désignant un projet déterminé commun pour lequel plusieurs entreprises se sont groupées.

— Oui, mentit Kira.

— Sacré pays. C'est la première fois que vous venez ?

— Oui.

— Je vous ennuie, peut-être ? s'inquiéta le jeune homme.

Kira le regarda. Il était blond, plutôt mignon. Barbe de trois jours, teint hâlé, physique robuste et racé. Une espèce de surfer égaré.

— Non, mais j'ai faim.

— Dans ce cas, je vais reprendre un whisky… Pour patienter…

— Faites donc ça, l'interrompit Kira alors que le serveur déposait les plats devant elle.

— Je m'appelle Jim. Je suis australien. Et vous ?

Kira ne répondit pas et attaqua illico les crevettes qui exhalaient un savoureux parfum. Un chat se posta au pied de sa chaise en ronronnant. Il leva de grands yeux vibrants qui essayaient de l'amadouer. Elle céda, décortiqua une crevette, la lança au félin et retourna à ses plats. Le plan drague pouvait attendre quelques minutes.

Jim avait emmené Kira danser dans un club plutôt glauque. Boule à facettes géante, lumières miroitantes, chanteuse de bas étage qui se trémoussait sur un podium en beuglant des standards birmans, serveurs qui s'emmerdaient ferme, l'ambiance était lamentable. Et s'enfonça encore un peu plus dans le sordide, quand des jeunes filles nues se mirent à danser dans des cages…

L'endroit semblait sponsorisé par Myanmar Beer. Des publicités pour la marque s'affichaient absolument partout, sur les tables, les verres, les cendriers, les distributeurs de serviettes, en format géant sur les murs. Une véritable overdose de vert foncé sur lequel voguait le logo d'un bateau doré.

Sur la piste de danse, quasiment déserte et sous la lumière hachée des stroboscopes, Kira collait langoureusement Jim. Passablement enivré, hilare, ce dernier subissait ces assauts impudiques sans protester. Il ne pensait pas que les choses pourraient aller aussi vite entre eux. Excitée, Kira l'attrapa brusquement par la main et l'entraîna vers les toilettes pour femmes. Là, elle le poussa dans un box aux cloisons recouvertes de graffitis obscènes.

Elle ôta son T-shirt, libérant sa poitrine nue. Jim, comme paralysé, la regardait avec un sourire béat.

— On dirait un archange, esquissa-t-il en découvrant le tatouage que Kira arborait sur son ventre.

Elle lui caressa les cheveux et l'embrassa goulûment, tout en baissant son pantalon et sa culotte. Les respirations se firent plus courtes. Les souffles s'entremêlèrent. Kira brûlait de désir. Elle se demandait ce que l'Australien attendait pour contre-attaquer. Elle l'encouragea de son regard bleu et de sa langue. La main de Jim glissa enfin sur son sexe. Ses doigts fouillèrent anarchiquement, s'immobilisèrent soudain.

— C'est quoi, ça ? demanda-t-il, l'air intrigué.

— Un piercing.

— Sur le clitoris ?

— Sur le capuchon. Ça amplifie les sensations…

— Oh…

Impatiente, Kira appuya sur la main de Jim. Le doigt de celui-ci s'enfonça brusquement. Kira se raidit, comme sous le coup d'une impulsion électrique. Ses mamelons, au bout desquels pendaient des anneaux en acier médical, se raidirent. Jim, à son tour, baissa son jean et son caleçon. Un peu brouillon, il manqua se casser la figure et se rattrapa in extremis à la cuvette suspendue des toilettes.

Kira enroula ses bras autour du cou de son amant, l'enfourcha et enserra son bassin avec ses cuisses. Elle le sentit pénétrer en elle et gémit en serrant les dents, puis se mit à bouger de haut en bas. De plus en plus rapidement.

Amazone lubrique.

— J'ai pas de capotes, murmura Jim.

— Je m'en fous, répondit Kira en lui mordant le lobe de l'oreille et en accélérant la cadence.

— On ne peut pas faire ça, rétorqua Jim dans un soupir.

— Fais-moi jouir et ferme ta jolie gueule, chuchota-t-elle en fermant les yeux.

Sur son dos, un dragon dessiné s'anima sur sa peau ruisselante de sueur, au rythme des contractions musculaires qui s'intensifièrent.

— Je peux pas ! s'excusa Jim en la repoussant de toutes ses forces.

— Bordel, je te demande pas ton avis ! beugla Kira.

— Ouais, ça doit être ça le problème…

Jim remonta son pantalon, ne prit pas la peine de boucler sa ceinture et sortit du box dans un élan de colère.

Kira s'adossa au mur couvert de graffitis des toilettes, ferma les yeux et se laissa tomber sur le carrelage. Si elle en avait encore été capable, elle aurait sans doute pleuré. Mais elle avait épuisé toutes ses véritables larmes à l'âge de neuf ans, dans une cellule d'un mètre sur deux.

La nuit enveloppait toutes choses. Mainmise, OPA des ténèbres sur la ville. Kira ne s'était pas résignée à prendre un taxi pour rentrer à l'hôtel. Marcher aérerait son esprit. Elle s'était surtout égarée, perdue dix fois dans les rues et ruelles sombres. Yangon, à cette heure, s'avérait aussi labyrinthique que son esprit.

Yangon, matérialisation urbaine de sa psyché en lambeaux.

Elle arriva tard, sans savoir exactement l'heure. Et lorsqu'elle déboula enfin dans sa chambre, avec la ferme intention de s'écrouler sur son lit, elle y trouva Bolan assis sur une chaise, devant la table qui figurait une espèce de bureau.

— A quoi tu joues ? attaqua-t-il, sur le ton de la mauvaise humeur.

— Je suis sortie manger, répondit Kira en bredouillant.

— Tu me prends pour un imbécile ?

— Pourquoi tu dis ça ?

— Parce que je t'ai suivie.

— T'as pas le droit de faire ça, protesta mollement Kira.

— Je m'assure de la fiabilité de mon équipière.

— En m'espionnant ?

— Tu es suicidaire ?

— Quoi ?

— Tu es suicidaire ? répéta Bolan. Et ne joue pas à la sainte effarouchée. Tu étais prête à te faire baiser par le premier venu, sans protection…

— Comment…

— Je dois savoir, l'interrompit Bolan. Parce que demain, je ne monte pas au feu avec quelqu'un qui ne désire que sa propre ruine.

Kira s'assit sur le rebord du lit, ses épaules retombèrent comme anéanties par le poids du monde. Elle sentit son corps se recroqueviller, parcouru par une envie de disparaître, de retourner au néant.

— Je ne sais pas, soupira-t-elle. Parfois, j'ai l'impression que pour sentir la vie en moi, je dois la brûler. Je n'ai pas envie de mourir, enfin je ne crois pas… C'est juste que j'ai envie de vivre et que je n'y arrive pas…

— Après ce que tu as enduré, ce n'est pas étonnant.

— Tu ne sais pas ce que j'ai enduré, protesta Kira.

— Eh bien, raconte-moi, proposa Bolan.

— Par où commencer ? interrogea Kira en levant les yeux au plafond.

— Qu'as-tu fait depuis la mort de ta mère ?

— Je suis partie en voyage. J'ai voulu faire le tour du monde, mais je me suis arrêtée à Moscou.

— Pourquoi à Moscou ?

Kira hésita à répondre. Bolan perçut un étrange éclat dans son regard azuré.

— J'y avais des amis, éluda Kira. Des ennemis, aussi, malheureusement…

— C'est notre lot à tous.

— Super-réconfort !

— Si c'est ce que tu cherches, je crois que tu as frappé à la mauvaise porte. Tu parlais de cauchemars ?

— Pire que des cauchemars, des monstres qui m'empêchent de dormir. Toutes les nuits, ils reviennent, ils m'assaillent. Je ne dors plus. Je me réveille en hurlant.

— Cela me semble normal, compte tenu de ce que tu as traversé, soupira Bolan avec bienveillance.

Kira regarda les pales d'un ventilateur posé sur la table de nuit. Elles tournoyaient à la manière de son esprit, hachant un vide chaud et lourd.

— Tu ne comprends pas. Parfois, je me pisse dessus de terreur dans mon sommeil… Je me réveille persuadée que ces créatures existent et sont là, tapies dans ma chambre…

— Les monstres, Kira, je les exécute, l'interrompit Bolan.

— Pas ceux-là, nia-t-elle en pointant son front avec son index.

— Ceux-là sont plus coriaces, effectivement. Mais à deux, on devrait y arriver.

Bolan se leva, passa devant Kira, hésita à lui caresser les cheveux, puis se dirigea vers la porte. Il regarda sa montre et demanda :

— Dans quatre heures, je pourrai compter sur toi ?

Kira releva la tête.

— Oui.

— Bien. J'ai laissé les consignes sur le bureau. Lis-les, apprends-les par cœur et essaye de dormir un peu.

La porte claqua et la chambre se vida d'un coup. Comme si la seule présence de Bolan suffisait à remplir n'importe quel espace. Kira lutta contre une soudaine sensation de solitude, réprima avec force cette bouffée d'angoisse qui montait. Et elle y parvint.

Elle se rengorgea, fière de sa victoire.

Elle se sentait plus forte.

Elle n'était plus seule.

CHAPITRE VII

Le ciel était menaçant. Le jour, levé depuis une bonne heure, peinait à imposer sa clarté face à tant d'hostilité nuageuse. Kira se tenait devant l'une des portes d'accès au marché couvert de Bogyoke Aung San, le plus grand de la ville. L'endroit où convergeaient tous les touristes en goguette pour acheter des objets de bois laqué, des sacs Shan que tous les Birmans portaient à l'épaule, ou encore des T-shirts ou des petits cigares… Rapporter des souvenirs, quand Kira et Bolan comptaient bien rentrer avec des trophées !

De l'extérieur, l'imposant bâtiment ressemblait à un gros gâteau rose, surmonté de cumulus noirs boursouflés. Les tea-shops de la rue autour étaient fermés. Et l'artère n'était pas encore trop encombrée. Yangon s'éveillait. Elle grouillerait bientôt, à la manière d'une fourmilière bousculée par un énorme coup de pied.

Kira agita les hanches. Elle se sentait mal à l'aise dans le tailleur gris que lui avait acheté Bolan au duty free de l'aéroport de Delhi. Et encore plus dans ses escarpins vernis à talons hauts de marque Louboutin.

— Sois le plus naturel possible, résonna la voix de Bolan via une minuscule oreillette.

Kira piétina sur place, réprima une grimace et serra sa sacoche d'ordinateur en cuir contre sa poitrine. Quelques passants la regardèrent en souriant. Elle s'efforça de leur rendre la pareille. Mais c'était une chose d'évoluer dans le cyberespace, autre chose d'agir dans le monde réel. Elle n'en ressentait que plus d'admiration envers l'Exécuteur.

L'horloge au-dessus de la porte d'entrée du marché indiquait 7 heures pile. L'heure du rendez-vous avec Phénix venait de sonner.

— Tiens-toi prête, murmura la voix de Bolan.

Kira se demandait où il pouvait être. Elle ne commit pas l'erreur de le chercher du regard, malgré sa curiosité croissante. Les consignes de l'Exécuteur étaient claires et strictes. Elle avait promis de les suivre.

Il était posté quelque part, le canon de son fusil de précision pointé sur Kira. Tous les deux étaient reliés par un fil d'Ariane fait de systèmes de communication et de localisation miniatures indétectables. Un fil invisible que rien ne semblait pouvoir rompre.

Les minutes s'égrenèrent.

Kira songea que personne ne viendrait, s'apprêta à formuler son inquiétude à Bolan.

— Ne parle pas, souffla celui-ci comme s'il avait perçu son intention. Ils t'observent. Ils vérifient que tu es seule.

Soudain, un jeune garçon, peut-être âgé de huit ou neuf ans, s'approcha de Kira. Il portait un bouquet de fleurs. Il le lui tendit en souriant et marmonna quelques mots en birman.

— Prends-le, ordonna Bolan, qui balayait le périmètre avec sa lunette de visée.

Kira accepta le cadeau impromptu. Le gamin détala. Au milieu du bouquet odoriférant, elle repéra un téléphone portable. Il se mit à vibrer.

— Réponds.

Kira s'exécuta.

— Vous êtes seule ? demanda une voix à l'anglais impeccable.

— Oui, répondit Kira avec assurance. Vous êtes en retard.

— Nous prenons des précautions.

— Mon client est pressé de conclure cette affaire.

— Qui est votre client ?

— Celui qui a viré un million de dollars sur votre compte. Son identité n'a aucune importance. Me suis-je dérangée pour rien ?

— Et vous, qui êtes-vous ?

— Disons que je gère ses affaires les plus délicates.

— Une avocate ?

— Si vous voulez.

Un silence s'installa. Kira entendit la respiration de son mystérieux interlocuteur. Puis ce dernier reprit :

— Votre client fait confiance à une femme aussi jeune ?

Kira comprit immédiatement que l'homme avec qui elle était en train de converser n'était pas loin et la regardait en ce moment même. Elle s'opposa à ce mouvement de tête circulaire que son cerveau lui proposait.

— L'avantage des femmes, c'est qu'elles ne réfléchissent pas avec leur bite, improvisa Kira, quittant la trame du scénario inventé par Bolan, et qu'elle avait appris par cœur.

L'homme rigola brièvement.

— Je vous aime bien, vous.

— Ce n'est pas un petit ami que je suis venu chercher.

— Vous avez l'argent ?

— Vous avez la marchandise ?

Encore une fois, l'échange s'interrompit. Plus longtemps que la fois précédente. Kira crut percevoir le timbre d'une autre voix.

— Vous êtes encore là ?

— Oui, finit par répondre l'homme. Le magasin en face. Entrez et dirigez-vous jusqu'à la porte du fond.

La communication s'interrompit sur ces derniers mots.

— Vas-y, intima Bolan qui avait suivi la discussion via l'oreillette implantée dans le pavillon droit de Kira.

Kira traversa la rue, s'arrêta devant une vitrine qui débordait d'électroménager. Une enseigne lumineuse indiquait le nom de la petite entreprise : Asiacorp. Le nom de domaine du courriel adressé à Capra, Harisson et Murray, songea Kira.

— A ce stade, tu ne risques rien, l'encouragea Bolan. Et je ne suis pas loin.

Pas totalement convaincue, elle poussa la porte, provoquant une sonnerie reproduisant le célèbre timbre de Big Ben. A l'intérieur, machines à laver, réfrigérateurs, fours micro-ondes, congélateurs étaient entassés jusqu'au plafond le long d'un couloir étroit. A l'entrée, derrière un petit comptoir, un homme la salua, tout sourire. Kira se fraya un chemin jusqu'au fond de cet étonnant capharnaüm, jusqu'à une porte métallique.

Là, elle n'attendit pas longtemps. Le lourd battant s'ouvrit. Une silhouette massive apparut et invita Kira à passer le seuil. A peine franchi celui-ci, elle se retrouva plaquée fermement contre une cloison par un molosse qui sentait la transpiration. Il la palpa sans ménagement, n'omettant aucune partie de son anatomie. Ensuite, le géant puant, tout en maintenant Kira immobilisée, passa une sorte de détecteur le long de son corps. Ce dernier se mit à biper à la hauteur de la poitrine.

— Vous voulez voir mes piercings ? demanda Kira en faisant mine de déboutonner son chemisier.

— C'est bon, grogna le géant en relâchant son étreinte et ses mâchoires serrées.

Il mesurait environ deux mètres, portait un débardeur souillé de taches. Son crâne chauve semblait relié directement à ses larges épaules. Un vrai buffle, songea Kira.

— Bien, fit un autre homme en sortant de l'ombre dans laquelle il se tenait jusqu'alors.

— Drôles de manières, s'offusqua Kira en rajustant son tailleur.

— Notre commerce nécessite quelques règles de sécurité élémentaires, poursuivit l'homme. Excusez les méthodes de Nilar, c'est un ancien champion de bama lethwei, la boxe birmane…

Kira reconnut la voix. Elle appartenait à celui avec qui elle venait de converser au téléphone.

— Je m'excuse pour ce petit contretemps. Nous avons dû vérifier votre identité. Ici, ce genre d'analyse est rendu difficile par l'inertie de la bureaucratie et celle du Réseau…

Kira sentit ses muscles tressaillir.

— Maître Anet Benning… Spécialisée en droit des affaires. Double doctorat… Surdouée… Vous avez deux cabinets à Tokyo et à Riyad…

— Tout est sur internet, le coupa Kira.

Elle avait créé un faux site internet institutionnel, Benning & associates. Ainsi que de nombreuses pages internet qui faisaient référence à ses activités fictives. Anet Benning était également le nom qui figurait sur son passeport, fabriqué en urgence par un ami de l'Exécuteur avant leur départ précipité.

— Vos clients semblent riches.

— Et anonymes, compléta Kira. Mais les présentations ne sont qu'à moitié faites. A qui ai-je l'honneur ?

— Thakin. Appelez-moi Thakin.

L'homme avait la quarantaine. Il était d'origine asiatique. Birman, peut-être. Mais pas sûr. La pièce était trop faiblement éclairée, pour saisir les détails de son visage. Et il prenait soin de rester à bonne distance. Vêtu d'un costume noir taillé sur mesure, il avait l'allure d'un riche homme d'affaires et pas d'une de ces brutes albanaises qui avaient enlevé Kira.

— Nos amis de la junte ont confirmé que votre passeport était en règle.

— Alors tout va bien, soupira Kira, sur un ton faussement excédé.

— Tout va bien, répéta Thakin en ouvrant un Netbook posé sur une table.

Il se mit à pianoter sur le clavier de l'ordinateur ultra-portable, sous le regard impassible du colosse.

— J'aimerais vraiment finaliser cette commande au plus vite, s'impatienta Kira.

— Je n'aime pas la précipitation.

— Je constate que votre réseau n'est pas à la hauteur de sa réputation…

— La ferme ! intima Thakin.

Kira sentit une modulation étrange dans la voix de

son interlocuteur. Une subtile variation qui laissait penser que son équilibre psychologique était plus que précaire.

— Cinq filles et cinq garçons, c'est ça ? questionna Thakin, en ravalant son débordement de rage subite.

— Oui, fit Kira.

— Vierges ?

— Si mon client souhaitait autre chose, il ne se serait pas adressé à vous, rétorqua Kira.

— Origines ethniques ?

— Européennes.

— Ah.

— Cela pose un problème ? demanda Kira.

— C'est plus cher, répondit Thakin, le regard posé sur l'écran de son petit ordinateur.

— Ce n'est donc pas un problème. Vous estimez à combien le surcoût ?

— Cinq millions.

— N'exagérez pas, riposta Kira.

— Nos intermédiaires européens sont gourmands. Putain d'Albanais…

Kira sentit son rythme cardiaque s'accélérer. Et lutta discrètement pour faire retomber cette pression artérielle qui pouvait la trahir. Ayant repris le contrôle, elle monta au créneau pour dissiper sa faiblesse passagère.

— Vous traitez avec la mafia albanaise ?

— C'est pas tes oignons. Tu payes. Je livre, répondit Thakin, l'air méfiant. Je te sens nerveuse d'un coup. T'as un problème, Anet Benning ?

— J'ai mes règles. Ça me fout en rogne, répliqua Kira avec aplomb.

Thakin éclata de rire et tourna l'écran de son ordinateur en direction de sa cliente.

— Voici le catalogue. J'ai extrait une sélection en tenant compte de tes critères.

Kira s'approcha. Sur l'écran défilaient des fiches nominatives agrémentées de photos de garçons et de filles nues. Leurs yeux étaient vides. Kira connaissait ce regard. Elle prit sur elle, enterra le moindre signe de haine, de révolte, de compassion… Combien y avait-il d'enfants dans la base de données ? Elle n'osait l'imaginer. Elle savait qu'au bout du compte, elle ne pourrait pas les sauver tous. Dix. Seulement.

— Max 9, fit-elle soudain.

Thakin nota sur un carnet.

— Sofia 10, Nataly 11, Igor 10, Stefan 12, Marie 9, Ana 11, Greg 12, Sven 10, Nina 9.

— Parfait ! s'exclama Thakin en refermant son calepin et l'ordinateur.

— Délais ? interrogea Kira.

— Paiement ? répondit Thakin.

— Moitié maintenant. Solde à la livraison.

— Ce n'est pas notre façon de procéder.

— C'est la mienne. Trente plus quatre divisé par deux. Dix-sept.

— Vous avez oublié un million, précisa Thakin.

— Le million en question, c'est la commission que me versera mon client pour cette transaction. Je vire dix-sept millions sur votre compte ou je repars ? demanda Kira.

— Nilar, valide le transfert avec Me Benning ! ordonna Thakin.

Le molosse grogna et s'approcha avec une tablette

numérique à la main. Il la tendit à Kira. Celle-ci se connecta à l'un des comptes bancaires offshore de Bolan.

— Votre numéro de compte ? demanda-t-elle.

— 225558966-566, International Myanmar Bank, répondit l'ancien champion de boxe.

Kira observa son nez cassé et sa grosse tête, puis valida le transfert. Nilar vérifia la régularité de l'opération et, d'un mouvement de tête, rassura son patron.

— Livraison ? interrogea Kira.

— Dans quarante-huit heures. Directement chez votre client. Le transport est offert. Conservez le téléphone, nous vous confirmerons la livraison par SMS.

— Vous livrez ici ! lança Kira en posant une carte de visite sur la table où reposait l'ordinateur de Thakin.

Elle ne mentionnait qu'une adresse, en Arabie Saoudite.

— C'était un plaisir de traiter avec vous, ricana ce dernier en saisissant la carte.

— Le plaisir n'était pas partagé. Ah, une dernière chose, honorez les termes de cette commande à la lettre.

— Sinon ?

— Tout a un prix. Votre mort, aussi. Et les ressources de mon client sont illimitées, précisa Kira en sortant de la pièce.

— Personne ne me menace ! s'écria Thakin, perdant une nouvelle fois le contrôle et quittant son habit trop policé pour être honnête.

— Ce n'est pas une menace, mais un avertissement, rétorqua Kira sans se retourner.

Elle avait vu cette scène dans un mauvais thriller. Mais comme dans le film, l'arrogance outrée paya.

Kira sortit de la boutique en prenant soin de ne pas se précipiter. Elle devait faire illusion jusqu'au bout.

C'était important.

Pour le plan.

Cela lui coûta, car elle se sentait nauséeuse. La bile rongeait son estomac et tentait de remonter le long de sa trachée. Il fallait tenir. Encore quelques minutes. Son rôle n'était pas terminé. La partie concoctée par Bolan ne faisait que commencer. Même si elle ne comprenait pas très bien encore quelle place elle occupait sur l'échiquier.

— Prends la première à droite, devant toi, intima la voix de l'Exécuteur dans son oreille.

Elle exécuta l'ordre, comme un robot. Bolan devait s'assurer qu'elle n'était pas suivie.

— Deuxième à gauche, continua ce dernier, embusqué sur le toit terrasse d'un immeuble qui surplombait le quartier, et en la suivant à l'aide de jumelles électroniques.

Kira, téléguidée, suivit ses instructions durant une bonne quinzaine de minutes. Tout en déambulant, elle tentait de chasser de son esprit les visages des enfants. Mais ceux-ci s'étaient imprimés dans son esprit de façon indélébile. Hantée, elle ne s'aperçut même pas qu'elle venait d'entrer dans une pagode.

— C'est bon, arrête-toi. J'arrive.

Kira s'immobilisa et, déconcertée, regarda autour d'elle. Elle se trouvait au milieu d'une salle ronde multicolore, un peu kitsch, avec des lumières clignotantes, sous un plafond représentant la voûte céleste.

L'endroit était désert.

Et silencieux.

Kira se sentait comme un pantin dont le marionnettiste venait de couper les fils. Un peu molle, elle avança jusqu'à de grandes vitrines qui exposaient le produit des excavations réalisées lors de la reconstruction du bâtiment sacré après la Seconde Guerre mondiale, ainsi que les cadeaux des pèlerins, des miniatures en argent, ou encore des bouddhas en marbre.

Soudain, elle releva la tête et aperçut une statue gigantesque recouverte d'or dont le visage efféminé la fixait avec bienveillance. Le titan étincelant semblait la bénir d'une impressionnante main levée.

— Bouddha veille sur toi, murmura soudain Bolan dans son dos.

Kira sursauta.

— Tu m'as fait peur. J'ai cru que c'était l'un des deux tarés que je viens de quitter. Personne ne m'a suivie ?

— Si, un gros musclé. Mais tu l'as semé en suivant mes instructions.

— Le champion de boxe, soupira Kira.

— Tout s'est bien passé ? Il y avait des interférences, je n'ai pas tout capté.

— Je suis une avocate née. Je crois qu'ils ont gobé. C'était ignoble… Je ne sais pas comment j'ai fait pour ne pas m'effondrer…

— Tu as pu implanter le traceur ? s'inquiéta Bolan, insensible aux commentaires de Kira.

L'action était son moteur. Les simagrées, une perte de temps.

— Dans le port USB de leur tablette numérique, répondit celle-ci. Vu qu'ils effectuent leur transfert de fonds avec, je suppose qu'ils ne s'en séparent jamais.

— Bien. Il ne faut pas perdre de temps. J'ai garé le van près de ce temple.

— J'ai aussi pu prendre une photo du type qui m'a l'air de mener la danse, grâce à ta microcaméra. Un certain Thakin…

— Tu auras le temps d'effectuer des recherches sur lui pendant qu'on le file. Je pense qu'il n'est qu'un rouage d'un mécanisme plus complexe. Et on vient de verser un peu d'huile sur ce dernier. Les engrenages vont commencer à bouger, prédit Bolan sur un ton oraculaire.

— Au fait, ils t'ont délesté de dix-sept millions de dollars.

— T'inquiète, ils me le rendront au centuple, rétorqua Bolan en se dirigeant vers la sortie.

— Il faut que je fasse une pause, s'excusa Kira. C'était vraiment à gerber…

Bolan marqua un temps d'arrêt et la laissa filer vers les toilettes publiques près de l'entrée. A cet instant, un vieux bonze en robe rouge entra dans la pagode. Il s'immobilisa à la hauteur de l'Exécuteur, le salua, puis s'adressa à lui du bout des lèvres. Sans jamais perdre son sourire.

— Mon prénom signifie « Aung San Suu Kyi doit gagner » !

— Quel est ton prénom ? demanda Bolan.

Le moine ne répondit pas.

— Tu connais le Myanmar et sa situation politique ?

Bolan confirma d'un bref hochement de tête.

— Le pouvoir en place n'est pas bon, mieux que le précédant mais toujours oppressant. Les élections sont truquées. J'espère toutefois un jour être libre.

— Comme nous tous, répondit Bolan.

— Mais toi, tu ne le seras jamais, rétorqua le moine avant d'avancer à petits pas vers la statue gigantesque qui trônait au centre de la pagode.

Kira, le visage plus blanc que de coutume, réapparut et rejoignit Bolan, encore sous le coup de cette sentence que venait de lui assener le vieux religieux sorti de nulle part.

— Un problème ? demanda-t-elle en essuyant sa bouche avec un morceau de papier essuie-tout.

— C'est ce moine, répondit Bolan en pointant du doigt l'intérieur de la pagode.

— Quel moine ? interrogea Kira.

Le bonze avait disparu. Bolan fronça les sourcils. Quelque chose lui échappait. Il secoua la tête, comme pour reprendre ses esprits.

— Merde, il pleut, soupira Kira en regardant vers l'extérieur.

Dehors, une puissante averse délavait les façades des vieux immeubles coloniaux. La pluie torrentielle dégoulinait sur les feuilles de plastique qui recouvraient les minuscules échoppes de beignets et de poissons séchés, frappait les parapluies des passants qui tentaient d'éviter les flaques en formation rapide sur les trottoirs défoncés. Des chiens efflanqués rasaient les murs et jappaient pour réclamer de la nourriture. Tandis que des taxis jaune et noir aux portières cabossées ramassaient les clients trempés à chaque coin de rue. Le temps virait au déluge.

— Il va falloir courir, constata Bolan.

— Putain de pays, souffla Kira en ôtant ses escarpins.

— Un signe des dieux, plaisanta à moitié Bolan

en s'élançant vers le van, stationné dans une ruelle adjacente.

Ils arrivèrent dans l'habitacle du Bedford rincés et essoufflés. Le toit de tôle du camping-car crépitait sous la pluie battante. Kira regarda le pare-brise noyé et se mit à rire nerveusement. Bolan ne tarda pas à faire de même, avec plus de mesure toutefois.

— Tu crois aux malédictions ? demanda-t-il soudain.

— Je ne suis pas superstitieuse, répondit Kira dans un hoquet. Pourquoi, quelqu'un t'a jeté un sort ?

— Il faut y aller, répondit Bolan pour couper court, conscient qu'il était en train de verser dans l'irrationnel. Tu captes quelque chose ?

Kira s'empara de la tablette numérique rangée dans la boîte à gants et chargea le logiciel de gestion du signal émis par le traceur. Elle connecta ensuite la tablette à un téléphone portable satellite.

— J'ai rien, soupira-t-elle.

— Merde, fit Bolan en tapant sur le volant.

— Sois patient…

— Je ne veux pas le perdre.

— Là, ça y est, j'ai une trace. A un kilomètre au nord-ouest.

— C'est parti.

Bolan démarra sans nervosité. Pas question d'attirer l'attention à ce moment crucial de la partie. Désormais, lui et Kira devenaient des fantômes au pays des fantômes.

La cible était verrouillée.

Il ne comptait pas la lâcher.

Mais l'exécuter.

CHAPITRE VIII

Le Bedford quitta le Strand, la route littorale qui reliait les forêts du Nord au fleuve Yangon. Une artère trop étroite et trop fatiguée pour résister au boom commercial qui s'annonçait au Myanmar. Une route en travaux, qui bientôt compterait jusqu'à dix voies dans les zones les plus denses de la ville.

L'averse diluvienne avait cessé aussi brutalement qu'elle avait commencé. Le paysage était trempé et peinait à éponger ce trop-plein d'eau subi.

Parfums des fleurs et puanteur des égouts remontaient dans l'air chaud.

Le véhicule, conduit par Bolan, slaloma dans des rues congestionnées d'arômes et de couleurs, bordées de vieux bâtiments administratifs à la peinture craquelée. Face à ces coupoles de béton décrépi et à ces immenses murs d'un autre âge, de nombreuses constructions modernes mais tout aussi mal conçues poussaient à la manière d'abcès dans la dent creuse de l'ancienne capitale.

Le camping-car leur tourna le dos et rejoignit le quartier Sud près du port, qui offrait un tracé urbain autorisant une débauche de vendeurs de rue, l'imbroglio d'étals sauvages et le fourmillement de colporteurs.

Soudain, le van s'immobilisa à un carrefour. Le regard de Kira, assise sur le siège passager, était braqué sur l'écran de sa tablette où clignotait un point vert au milieu d'une carte.

— Il est où ? interrogea Bolan, les deux mains posées sur le volant gainé de skaï.

— De l'autre côté, répondit Kira. Il a pris la seconde à gauche…

— Merde, tonna Bolan en voyant le barrage filtrant qui contrôlait l'accès à la voie indiquée.

— Ce sont des militaires ?

— On dirait, marmonna Bolan en garant le van près d'un bus. Il y a un autre moyen d'accès ?

Kira consulta la carte.

— Le périmètre n'apparaît pas sur la carte. On dirait que la zone est censurée, expliqua-t-elle.

— On grimpe donc d'un échelon dans le réseau, murmura Bolan.

— Tu crois qu'il a filé direct chez son boss ?

— Je ne pense pas qu'il traite un marché de cette importance très souvent. On peut tenter une écoute ?

— Je ne garantis rien, mais on peut toujours essayer, répondit Kira en commutant le traceur en mode microphone.

Les enceintes de sa tablette crachouillèrent un instant. Puis, un bruit ténu mais régulier de pas devint audible.

— Il est descendu de sa voiture. Ce salopard marche, souffla Kira.

Bolan se rapprocha et tendit l'oreille. Soudain, une voix jaillit des petits haut-parleurs, puis une autre.

— Merde, ils parlent en birman ! s'énerva Bolan.

— J'ai ce qu'il faut, intervint Kira en faisant glisser son index sur l'écran tactile. Une application de traduction vocale quasi instantanée, expliqua-t-elle en sélectionnant la langue via un menu déroulant.

— Je ne savais pas que ça existait, s'étonna Bolan.

— Ça n'existe pas encore. C'est un prototype que j'ai emprunté à un ingénieur de Google… Je ne pensais pas m'en servir un jour. Voilà, c'est bon. L'analyse vocale est en cours.

Le logiciel réclama quelques dixièmes de secondes pour reconnaître les voix, puis quelques secondes pour les traduire. Enfin, avec un léger décalage, une voix de synthèse neutre commença son interprétation en surimpression sonore.

— Cette avocate ne me plaît pas, général. Elle est trop lisse.

— Thakin, l'argent a-t-il été viré sur le compte ?

— Oui, général We.

— Les services de renseignement ont validé son identité ?

— Oui.

— Alors livrez !

— Mais…

— Ça suffit ! J'ai assez de problèmes en ce moment avec cette salope d'Aung San Suu Kyi et ses amis. Elle a obtenu son premier passeport depuis vingt ans. Elle est désormais libre de ses mouvements. On scie la branche sur laquelle on est assis…

— Général, laissez-moi juste vérifier quelques…

— Vous commencez à me fatiguer, Thakin. Il est peut-être temps que je vous remplace. Finalement, vous n'avez peut-être pas les épaules pour devenir le numéro deux de notre organisation…

— Général, je vous ai toujours servi avec loyauté. Depuis deux ans, notre bénéfice net a plus que triplé. Vous ne pouvez pas…

— Je peux tout, Thakin. C'est moi qui ai créé et qui dirige ce putain de réseau. C'est mon assurance vieillesse. Les jours de la junte sont comptés. Ce pays ne nous appartiendra bientôt plus. Les multinationales étrangères vont le grignoter et il ne nous restera que des miettes. Phénix est une affaire juteuse, mais qui nécessite de bons soldats.

— Je suis un bon soldat, général.

— Alors, obéissez ! Ne réfléchissez pas.

— A vos ordres, général.

— Et n'oubliez pas la livraison aux Japonais, sur le port à 10 heures.

— Je croyais que Nilar s'en occupait.

— Nilar ? Il serait déraisonnable de laisser penser aux triades que nous sommes à l'image de ce gros porc suintant…

— Bien, je le rejoins tout de suite.

— Vous m'avez amené ce que j'ai demandé ?

— Oui, le voilà.

— Il est adorable.

— Général.

— Bonne journée, Thakin. Viens là, mon mignon. N'aie pas peur.

Kira interrompit la traduction. La voix synthétique s'éteignit dans un gargouillis informatique.

— On fait quoi ? tonna-t-elle.

— On suit Thakin jusqu'au port.

— Et le gamin ? On va laisser cette pourriture faire « mumuse » avec lui ?

— Sa villa est trop protégée pour qu'on intervienne.

— Il faut faire quelque chose, insista Kira.

— Ce serait du suicide.

— Alors on ne fait rien !

— On peut sauver les enfants du port, si on agit vite, murmura Bolan. Et par la même occasion, régler son compte à cette pourriture de général We.

— Mais ce gamin…

— A la guerre, on sacrifie souvent un homme pour en sauver cent. Question de statistique et de pourcentage.

— Nous ne sommes pas en guerre ! s'indigna Kira. C'est le viol d'un enfant dont on parle.

— Kira, nous sommes en guerre, articula Bolan en démarrant. Une guerre invisible pour le reste du monde, mais une putain de guerre tout de même. Il faut en suivre les règles…

— J'emmerde les règles !

— C'est pourtant moi qui en ai écrit la plupart…

Le van avait repris sa filature le long du fleuve. Cette fois, le véhicule de Thakin était identifié : un coupé cabriolet Lexus Infiniti, carrosserie blanche. Kira n'avait plus besoin de le tracer. Bolan l'avait en visuel. A l'arrière, connectée à internet via son ordinateur portable militarisé, elle s'était donc concentrée sur la recherche d'informations concernant Thakin, grâce à la photographie prise à son insu.

— Il ne s'appelle pas Thakin, lança-t-elle à Bolan.

— Le contraire m'aurait étonné.

— C'est un ancien militaire. Sa véritable identité est Min Aung Eindaka. Il a commandé le sac du monastère de Maggin en 2007, lors de la répression de la révolte des moines bouddhistes. Jugé trop extrême, il a été mis à pied par sa hiérarchie en recherche d'apaisement démocratique. Mais un haut gradé est intervenu et a plaidé en sa faveur…

— Facile. Le général We ?

— Bingo. Cet enfoiré n'a pas réussi à faire réintégrer son protégé dans l'armée, mais obtenu pour lui une espèce de statut d'aide de camp, poursuivit Kira.

— On tiendrait donc deux têtes pensantes de Phénix, synthétisa Bolan.

— Reste à les couper…

— Et à espérer qu'elles ne repoussent pas, compléta Bolan qui arrivait en vue d'une vaste zone portuaire désaffectée, envahie de conteneurs et entourée de grillages.

Le périmètre était ceinturé par une jungle épaisse qui avait fini par se répandre sur les montagnes de caisses métalliques entreposées là. La Lexus de Thakin s'arrêta devant une guérite qui en gardait l'accès. Un agent de sécurité armé lui ouvrit la barrière.

— On fait quoi ? demanda Kira.

— On s'adapte, répondit Bolan en garant le van près d'un entrepôt abandonné.

Il passa à l'arrière et s'équipa. Pistolet-mitrailleur compact Brugger & Thomet MP9 en bandoulière, deux pistolets Smith & Wesson M&P40 qu'il logea dans un holster en fibre de carbone. Pain de plastic et détonateurs à distance dans une besace. Et fusil de précision…

Sans oublier quelques chargeurs.

— Donne-moi ta tablette, ordonna-t-il.

— Je viens avec toi.

— Pas question. Tu restes ici et tu te planques. Tu es avocate, je te le rappelle. On ne peut se permettre de griller ta couverture.

— Qu'est-ce que tu comptes faire ?

— Ce que je fais le mieux, répondit Bolan en enfonçant un bonnet noir sur son crâne. Foutre la merde. Et regarder les étrons surnager…

Il se grima la figure et enfila une ghillie suit[26]. Le vêtement de camouflage était muni de morceaux de toile et de fils de couleurs sombres ressemblant aux couleurs de la nature. Destiné à fondre celui qui la portait dans une forêt. Bolan espérait que cette tenue saurait le faire disparaître dans la jungle.

— Tu ressembles à un Ent, sourit Kira.

— A un quoi ? demanda Bolan, sans faire le lien avec ces créatures à l'apparence d'arbres inventées par Tolkien dans Le Seigneur des anneaux.

— Laisse tomber…

— O.K., fit Bolan en sortant du van par la porte latérale.

— Eh, fit Kira.

— Quoi ?

— Fais gaffe…

Bolan s'engouffra dans la végétation qui bordait l'entrepôt et disparut. Kira fouilla quelques secondes du regard l'épaisse forêt tropicale, puis referma la porte du van et se recroquevilla, adossée au piètement de la banquette arrière.

26. Tenue de prédilection des snipers, la ghillie suit a été inventée par les gardes chasses écossais qui cherchaient à attraper les braconniers.

Bolan se fraya un chemin silencieux à travers un enchevêtrement de lianes et d'arbres morts. Il arriva rapidement devant la clôture qui interdisait l'accès à la zone où étaient entassés des milliers de conteneurs. A l'aide du coupe-barbelé de son poignard Eickhorn Para Commando, il sectionna le métal rouillé, ouvrant un passage suffisamment important pour s'y glisser.

Main serrée sur le manche antidérapant en fibre de verre, renforcé polyamide, de la baïonnette de combat, il entra dans le périmètre. Les conteneurs multicolores étaient entassés comme des Lego géants et formaient un labyrinthe qu'avait envahi une végétation luxuriante. Bolan jeta un coup d'œil sur l'écran de la tablette où clignotait sa cible.

Nord-ouest, cent cinquante mètres, estima-t-il.

Soudain, deux chiens surgirent dans son champ de vision. Sans aboyer, ils se précipitèrent sur l'intrus. Yeux jaunes, babines retroussées, crocs saillants, poils hérissés, les puissants molosses semblaient sortis directement des enfers. A regret, Bolan lança son poignard. La lame en acier semi-crantée fusa dans l'air moite, pénétra le garrot du plus massif des deux cerbères, le stoppant net dans son élan. Le monstre noir s'écroula dans un ultime jappement.

Indifférent à cette mort, le second au pelage gris bondit sur Bolan, la mâchoire ouverte. L'Exécuteur, déstabilisé par l'impact, tomba à la renverse. Dans sa chute, ses deux mains se refermèrent sur le cou de l'animal, tel un étau. Et il maintint cette pression, alors que les pattes griffaient le sol boueux, que les canines cherchaient à mordre… Au bout de quelques secondes, Bolan sentit un filet de bave couler sur ses doigts. Le chien ne bougeait plus. Il relâcha son étreinte et repoussa le cadavre avec les pieds dans une flaque. Il se releva, vérifia ses armes et son matériel, puis se dirigea vers une allée, ménagée entre deux haies de caissons métalliques hautes d'environ dix étages.

Il progressa un moment dans ce dédale qui s'étendait sur des hectares, et consulta une nouvelle fois la tablette numérique. Mais toutes les masses métalliques qui l'entouraient créaient une véritable cage de Faraday, depuis laquelle il était impossible d'émettre ou recevoir un signal. Le tracking n'était plus opérationnel.

Nord-ouest, cinquante mètres, jaugea-t-il tout en grimpant sur l'un des empilements d'EVP[27] qui le cernaient, et le long duquel serpentait une végétation touffue. Parvenu au sommet, il se mit à plat ventre et rampa sous l'ombre d'un palmier qui avait choisi de pousser dans le cœur oxydé d'un conteneur en provenance de Panama.

Au bord, jumelles rivées sur les yeux, fondu dans un amas végétal, il scruta les environs.

Et tomba sur la Lexus blanche de Thakin.

Ce dernier conversait avec un homme baraqué, sans doute l'ancien boxeur dont lui avait parlé Kira. Il était armé d'un fusil à pompe, vraisemblablement un Mossberg 500. Devant eux, à une dizaine de mètres, un groupe de cinq Japonais en costume blanc patientaient devant un gros véhicule tout-terrain.

« Où sont les gosses ? » s'inquiéta Bolan.

Attiré par le vrombissement soudain d'un moteur,

27. Equivalent de vingt pieds, unité approximative de mesure de conteneur.

il zooma sur un Reach Stackers qui venait de s'animer non loin du petit rassemblement. Les pinces de l'imposant chariot de manutention saisirent un conteneur sur le haut d'une pile.

Les voilà !

Bolan posa ses jumelles, extirpa le fusil de précision muni d'un imposant modérateur de son et l'épaula en calant le canon sur une liane. Pas le temps d'installer le bipied, il allait tirer à l'arrache. Il régla la lunette de visée et sélectionna sa cible, plaçant le réticule sur le front d'un Japonais âgé d'une vingtaine d'années au visage tatoué. Il pressa la queue de détente sans peaufiner.

La munition fusa sans un bruit.

Traça son sillage mortel, parfait et indétectable.

La tête du jeune Yakusa éclata.

Son tronc s'effondra.

Ses amis s'affolèrent et sortirent leurs armes, des mini Uzis, version raccourcie et allégée du célèbre pistolet-mitrailleur israélien. Nerveux, ils se mirent à crier et à accuser leurs fournisseurs.

En face, Thakin et Nilar braquaient leurs armes en direction des Nippons. Thakin tentait manifestement l'apaisement.

Le chaos régnait.

L'incendie ne demandait qu'à éclater.

L'Exécuteur provoqua une seconde étincelle.

Cette fois, il visa le réservoir du 4x4 des Yakusas. Le véhicule explosa dans une gerbe orangée magnifique, soufflant les hommes dans un large périmètre. Bolan profita du choc pour dévaler la montagne d'où il avait mené cette attaque invisible.

Sur le champ de bataille, plus personne ne se souciait du conteneur dans lequel étaient enfermés les enfants. Les premières détonations retentirent. Les clients avaient décidé de faire la peau à leurs fournisseurs. Les fournisseurs avaient décidé de vendre chèrement leur peau. Dans les deux camps, on pensait que le responsable se trouvait en face.

Personne ne se doutait de l'intervention d'une tierce personne.

Alors que la fusillade faisait rage, Bolan s'approcha furtivement du Reach Stackers. Le chauffeur de l'engin de manutention avait déguerpi. Et c'était bien ce à quoi l'Exécuteur s'attendait. Il ouvrit les portes de la boîte dont la surface de ventilation naturelle avait été augmentée par l'ouverture d'orifices de ventilation dans les longerons.

« C'est donc comme ça qu'ils livrent leur marchandise. »

Bolan déverrouilla la porte et entrouvrit un battant. Des remugles d'urine s'échappèrent. Il pénétra dans le conteneur insonorisé, y découvrant une cage dans laquelle étaient enfermées trois jeunes filles en guenilles. L'une d'entre elles menaça de crier en voyant s'approcher ce qui ressemblait plus à un monstre des forêts qu'à un homme. Bolan, conscient que sa tenue de camouflage était impressionnante, posa un doigt devant sa bouche et crocheta le verrou qui fermait la structure en métal.

Il les fit sortir, les accompagna jusqu'au-dehors et les encouragea à s'échapper dans la bonne direction. Le petit groupe s'éloigna furtivement, laissant leurs bourreaux s'entretuer.

Bolan plaça un pain de plastic dans le conteneur,

programma le détonateur à retardement, puis rejoignit les petites rescapées.

— Il faut courir plus vite, leur enjoignit-il sans savoir si elles comprenaient.

— Tu es un démon ? demanda la plus jeune d'entre elles dans un anglais scolaire.

— Non, répondit Bolan dans un souffle.

— Un dieu alors ? insista la gamine, tout en augmentant le rythme de ses foulées.

— Je suis juste un homme.

— Tu n'es pas un homme. Les hommes sont tous mauvais.

Cette fois Bolan ne répondit pas.

Il n'y avait rien à ajouter.

De toute façon, elle avait raison. Il n'était pas un homme.

Il était l'Exécuteur.

Dans son dos, soudain, une puissante détonation souligna d'un trait explosif cette amère constatation.

Les trois fillettes grimpèrent dans le van Bedford. Kira ne posa aucune question et prit instinctivement soin d'elles, les enveloppant dans des couvertures. Deux d'entre elles tremblotaient et tentaient de fixer leur regard affolé dans celui de leurs sauveurs. Seule la plus âgée regardait Kira en esquissant un timide sourire, renvoyant à cette dernière le reflet de sa jeunesse foudroyée.

Bolan ôta sa tenue de camouflage, se délesta de son matériel, à l'exception de ses deux pistolets et s'installa au volant. Il démarra sans tarder et quitta la zone portuaire, en prenant soin de contrôler sa vitesse. Rien ne devait les trahir.

En chemin, ils croisèrent des voitures de police et des ambulances qui fonçaient dans la direction opposée, toutes sirènes hurlantes.

— J'espère qu'il ne reste rien à ramasser, songea Bolan en appuyant légèrement sur la pédale d'accélération.

— Il faut emmener ces gamines à l'hôpital ! lança Kira depuis l'arrière du véhicule.

— J'y compte bien, assura Bolan.

— Elles ont sans doute de la famille ici…

— Nous sommes thaïlandaises, l'interrompit la seule qui semblait en mesure de parler anglais.

— Vos parents doivent être morts d'inquiétude, soupira Kira en caressant les longs cheveux bruns de la fillette.

— Nos parents nous ont vendues, chuchota cette dernière comme un tragique secret.

— Changement de stratégie. L'hôpital dépend du gouvernement. Elles n'y seront pas en sécurité. Trouve une ONG ! ordonna Bolan, qui avait entendu.

— J'ai une idée, il faut juste que je dégotte leur antenne locale…

Kira, bouleversée, se saisit de son ordinateur portable militarisé, se connecta à internet via le satellite réactivé en Alaska et pianota frénétiquement sur le clavier.

— Les voilà : Werkgroep Morkhoven[28], s'écria-t-elle. Ses membres, des Belges, ont démantelé les réseaux pédocriminels Ganumedes, Temse/Madeira et Zandvoort. Putain, Zandvoort c'était plus de quatre-vingt

28. Le Werkgroep Morkhoven a été fondé en 1989 par Marcel Vervloesem, lors de son action concernant l'utilisation des chambres d'isolation dans un institut d'enfants à Anvers.

mille photos de viols, meurtres et tortures d'enfants, y compris de bébés…

— On les trouve où ?

— Je transfère les coordonnées dans le GPS.

Bolan consulta l'écran du boîtier devant lui, fixé au pare-brise par une ventouse. L'itinéraire s'afficha en deux dimensions. Il hocha la tête de satisfaction. Ils avaient trouvé un nid pour ces trois oisillons que les adultes avaient forcés à tomber du nid.

— Tu es sûr que c'est la bonne décision ? demanda Kira en regardant les trois fillettes s'éloigner à travers la vitre sale du van.

Elles étaient encadrées par deux jeunes femmes, activistes de Werkgroep Morkhoven. Et avaient l'air d'avoir regagné leur innocence.

— Ces gamines sont sauvées, répondit laconiquement Bolan.

— Oui, mais ça ne règle pas tout…

— Oh, que si. Plus que tu ne le crois.

— Tu m'expliques ?

— Quoi ?

— Ton plan.

— Ce n'est pas un plan. Toute action engendre une réaction. Les membres de cette ONG vont recueillir leurs témoignages et les diffuser aux médias. Ces médias vont recevoir, par le biais d'un informateur anonyme, l'enregistrement numérique de la conversation entre Thakin et le général We. Cette ordure ne résistera pas au scandale… Et quand bien même il y survivrait. Je pense que les Yakusas se chargeront de l'éliminer.

— Bien sûr, tu as monté les Japs contre Phénix ! s'exclama Kira.

— Pourquoi s'éreinter à faire le boulot quand on peut le déléguer ? souligna Bolan.

— C'est de l'improvisation, où tu avais tout en tête depuis le début ?

— Je m'adapte, soupira Bolan en tournant la clé de contact. Je m'adapte et je survis…

— On a fini, alors ?

Il allait répondre quand son smartphone se mit à vibrer. Kira le regarda d'un air inquiet.

— Je prends l'appel, dit-il d'une voix brève. Je sais où se trouve le serveur des télécommunications. Rendez-vous sur l'esplanade de la pagode Shwedagon dans une heure, expliqua-t-il avant de raccrocher.

Bolan rangea son smartphone, l'air pensif.

— Nous devons tenir nos engagements. Rien n'est jamais fini, souffla-t-il à l'attention de Kira dont les yeux s'étaient transformés en points d'interrogation.

Elle mourait d'envie de savoir qui avait appelé, mais seul lui répondit le vrombissement du moteur.

CHAPITRE IX

Après l'ascension d'une volée de marches crasseuses qui grimpait sous une allée couverte, sombre et monotone, d'un seul coup, se découvrit aux yeux de Kira une clarté éblouissante, blanche et dorée.

« Suis-je arrivée au bout du tunnel ? » se demanda-t-elle en plissant les paupières.

« Est-ce le paradis ? » songea-t-elle en souriant.

— Serais-je donc morte ? murmura-t-elle en serrant les dents, jusqu'à faire crisser l'émail scintillant.

Devant elle se dressait un stupa géant, d'environ cent mètres de haut et quarante mètres de diamètre, entièrement recouvert d'or. Les rayons de soleil qui filtraient à travers les nuages rebondissaient à sa surface. La légende racontait qu'il y avait plus de métal précieux dans la pagode Shwedagon que dans les caisses de la banque d'Angleterre. Kira n'était pas loin de le croire.

Incommodée par tant de miroitements, elle chaussa des lunettes de soleil Ray Ban subtilisées à Bolan. L'incroyable ensemble architectural qui présentait un plan octogonal inspiré par l'astrologie birmane se refléta soudain dans les verres polarisés. L'imposant dôme était entouré d'une multitude d'autels blancs et dorés dédiés à différents Bouddhas : couché, assis, debout, vert, blanc, petit, grand, souriant…

Les yeux de Kira, soulagés par les filtres UV, s'habituèrent doucement à l'intense luminosité du lieu. Elle avança sur l'esplanade en marbre de l'immense pagode, au milieu des bonzes et des touristes. Ceux-ci, selon la coutume, s'engageaient par la gauche, pour tourner dans le sens des aiguilles d'une montre autour des reliques du Bouddha que le grand stupa était censé abriter.

Kira balaya du regard ses proches environs. Elle trouva monastères, abris de pèlerins, pagodons, tazaung[29], zedi[30] de toutes tailles parmi une multitude de toitures à étages, de pinacles, de flèches, d'oratoires… Malgré la chaleur, elle réprima un frisson face à cette somptueuse débauche architecturale qui respirait la sérénité et le sacré.

— Déchaussez-vous, demanda brusquement la voix de Yoko dans son dos.

— Quoi ? fit Kira sans se retourner ni manifester de surprise.

Elle avait reconnu le timbre de voix de l'informateur.

— On n'entre pas dans une pagode ou dans un monastère avec des chaussures ou des chaussettes. Il faut être pieds nus.

— Bien sûr, souffla Kira en se déchaussant.

Ce faisant, elle jeta un rapide coup d'œil à l'horloge du smartphone dans sa main droite. Yoko était pile à l'heure.

29. Pavillon.

30. Stupa plein.

— Votre ami n'est pas avec vous ? interrogea-t-il, l'air suspicieux.

— On se répartit les tâches. Je m'occupe du repassage, et lui adore faire la lessive.

Yoko esquissa un sourire amusé.

— Savez-vous ce que sont les Nats ?

— J'avoue que non.

— Ce sont des esprits. Il en existe trente-sept. Les offrandes quotidiennes qui leur sont faites ici sont destinées à conjurer le mauvais sort. Vous devriez en faire une pour votre ami…

— Pourquoi dites-vous ça ?

Kira se souvint de l'allusion à une malédiction que Bolan avait formulée quelques heures auparavant, dans la pagode du moine fantôme. Sa raison refusa d'établir un lien. Le jugeant trop facile.

— Il est toujours sage de prendre soin de ses amis, répondit Yoko en joignant les paumes de ses mains et en inclinant la tête. Saviez-vous que la plupart des Grands Nats sont des êtres humains qui ont connu une mort violente ?

— Merci pour le cours de religion, mais vous prétendiez disposer d'une information, l'interrompit Kira.

— Suivez-moi, demanda Yoko en passant devant elle.

Il était habillé à l'occidentale. Casquette des Red Sox de Boston vissée sur le crâne, bermuda kaki, chemisette unie blanche. Il avait laissé à l'entrée des tongs de velours. L'appareil photo numérique en bandoulière apportait la touche finale à la panoplie du parfait touriste.

Kira lui emboîta le pas, jusqu'à un petit autel qui ne payait pas de mine.

— Chacun d'entre eux, expliqua Yoko en montrant ce dernier du doigt, marque les huit jours de la semaine. Le mercredi est divisé en deux, le matin et l'après-midi. Chaque jour est symbolisé par une planète, un chiffre, et représenté par un animal. Quel jour êtes-vous née ?

— Un mardi, répondit Kira sans bien comprendre où il voulait en venir.

— Votre chiffre, c'est le trois. Votre signe, la lune et votre animal le tigre. Mardi, c'est le meilleur jour. Il vous confère un sixième sens, une habileté à pénétrer le sens des choses. Votre vie vous réserve de belles surprises…

— Super, souffla Kira. Parce qu'elle a plutôt mal démarré…

— Ne prenez pas cela à la légère. Faites un don, conseilla Yoko, l'air grave.

— Comment ?

— Glissez quelque chose dans la « donation box ».

— Je n'ai rien sur moi. Qu'est-ce que je peux donner ?

— Ce que vous voulez.

Kira regarda la boîte à offrande, une urne dorée. Et remarqua que chaque autel disposait de la sienne. Elle réfléchit un instant, puis passa sa main sous son T-shirt, décrocha un des anneaux qui lui perçait les mamelons et le glissa dans la fente.

— Ça ira ? demanda-t-elle en souriant.

— Ce n'est pas à moi d'en décider, souffla Yoko, un peu surpris par le geste de Kira.

— Maintenant, les infos.

Yoko scruta les alentours. Ses yeux trahissaient une intense nervosité.

— Les militaires ont rasé un morceau de jungle

dans le centre du pays, au nord-est de Mandalay, expliqua-t-il à voix basse. Un lieu hors d'atteinte dont de nombreux check-points contrôlent l'entrée. Tout près de leurs installations militaires sensibles, ils ont bâti une cyberville baptisée Yadanabon. C'est là qu'ils veulent centraliser toutes les communications du pays.

Kira observait le regard de Yoko qui scannait en permanence à 360 degrés, à la recherche de la moindre attention perçue comme une curiosité suspecte.

— Un problème ? demanda-t-elle.

— Si je n'en avais qu'un, souffla Yoko sur un ton faussement calme. Depuis votre arrivée, je sens que l'étau se resserre autour de moi. Les flics et les militaires sont sur les dents.

Yoko le dissimulait, mais Kira le sentait lutter contre une intense frayeur.

— Avant, le système générait plus de peur que de surveillance réelle, poursuivit-il. Depuis quelques mois, c'est l'inverse qui se produit.

— Vous pouvez m'en dire plus au sujet de Yadanabon ?

— Moi, non, mais un ingénieur français, oui, répondit Yoko. Il se nomme Gilles Caillot. Il travaille pour Tay Za, un riche magnat des affaires et proche associé des hauts dirigeants de la junte militaire birmane. Vous le trouverez à l'hôtel Sedona, un établissement de luxe où les militaires font leurs affaires. Je ne peux pas y aller avec vous, je serais immédiatement identifié.

— Je comprends, assura Kira.

— Faites très attention, prévint Yoko. Depuis quelque temps, le pouvoir a entamé un mouvement de privatisation. Il a d'abord approuvé le lancement d'un nouvel opérateur internet privé, Yadanabon Teleport.

Et le conglomérat Htoo Trading Company de Tay Za a repris les activités téléphonie mobile et internet du ministère, pour le compte de ses filiales, Central Marketing et E-Lite…

— En quoi ces privatisations sont-elles dangereuses ? l'interrompit Kira.

— Les intérêts privés sont toujours plus âprement défendus que les biens publics, répondit Yoko.

— Je comprends.

— J'en doute, mais ce n'est pas grave.

— Merci, fit Kira.

— Merci ? Ne me remerciez pas. Ce que je fais, je ne le fais pas pour vous. Je le fais pour mon pays.

— Votre pays est en passe de s'en sortir, le rassura Kira.

Yoko réprima un éclat de rire.

— Vous devriez consulter la carte virtuelle dressée par l'ONG Democratic Voice of Burma[31], qui présente les irrégularités et les violences recensées lors des élections de 2010.

— Mais les dernières élections ont porté Aung San Suu Kyi et son parti, la Ligue Nationale pour la Démocratie, non ?

— Un quart des parlementaires sont, en vertu de la Constitution, des militaires désignés en marge du processus électoral. Dans ces conditions, n'importe quel scrutin revêt un aspect plus que symbolique. En vérité, vous savez ce dont nous avons besoin ?

— Non, soupira Kira, accablée par le soudain rappel à la réalité de Yoko.

31. http://www.burma2010election.com

— D'une cyber-révolution, comme en Tunisie, ou en Egypte…

— Ça, c'est mon domaine de compétence, murmura Kira, sûre d'elle.

— Ne vendez pas la peau de l'ours…

— Je n'ai rien à vendre, Yoko. Parce que je n'ai plus rien à perdre. L'essentiel m'a été volé, il y a bien longtemps.

— Ces mots sont ceux d'une héroïne.

— Wael Ghonim, égyptien et responsable marketing de Google pour le Moyen-Orient, domicilié à Dubaï, Mona Seif et Gigi Ibrahim, militantes online, voilà de vrais héros. Ces icônes de la révolution égyptienne ont mis à genoux le régime de Moubarak en moins de vingt jours.

— Ça fait cinquante ans qu'on essaye de se débarrasser de nos dictateurs.

— Vous n'aviez pas les moyens technologiques…

— La technologie n'est pas tout. Regardez autour de vous…

— Les dieux ? Les dieux sont morts depuis longtemps, souffla Kira. Et ils se sont réincarnés sur le web 2.0… A terme, le Réseau aura raison des liberticides.

— Sauf si ces derniers le contrôlent, rétorqua Yoko.

— Nous sommes là pour les en empêcher, assura Kira.

Yoko acquiesça, plus pour faire plaisir à son interlocutrice que par conviction, baissa la tête et tritura son portable.

— Ne cherchez plus à me joindre, intima-t-il en détruisant la carte SIM de son téléphone. Si nous devons encore communiquer, nous utiliserons la technique du « brouillon »…

— C'est-à-dire ouvrir un compte Gmail[32] commun et plutôt que d'envoyer des mails, écrire des brouillons non envoyés, donc non vérifiés par la censure, qui seront seulement lus par ceux qui détiennent le mot de passe du compte, compléta Kira.

— On m'avait dit que vous étiez douée, mais ça dépasse de loin mon estimation à votre sujet.

— Qui vous a parlé de moi ? demanda Kira, méfiante.

— Les ennemis de mes ennemis sont mes amis, répondit Yoko, l'air mystérieux.

— Vous en avez trop dit.

— C'est vrai. Et ce n'est donc pas la peine que j'en rajoute, rétorqua Yoko.

Soudain, un bruit de tambourin attira l'attention de Kira. Elle avisa un groupe de moines qui célébrait un événement. Quand elle voulut demander à Yoko de quoi il s'agissait, elle ne le trouva plus à ses côtés.

Elle fouilla du regard l'esplanade de la pagode, subitement envahie par une armée de bonzes. Mais Yoko s'était évaporé. Impressionnée par tant de furtivité, elle décida de rejoindre Bolan qui patientait dans le van en contrebas du temple. Et s'éclipsa à son tour, en silence et à regret, tant la sérénité du lieu commençait à l'imprégner et à imbiber son âme torturée.

Tous les dieux n'étaient peut-être pas morts, après tout, songea-t-elle en sentant son cœur tambouriner contre sa poitrine.

Pulsions de vie contre pulsions de mort.

32. Gmail est un service de messagerie gratuit proposé par Google.

*
* *

L'hôtel Sedona s'élevait majestueusement le long de la rue Kaba Aye Pagoda, en plein centre de Yangon. L'établissement, luxueux, était posé au milieu de jardins aménagés et son architecture moderne distillait quelques touches traditionnelles.

Bolan gara le van sur un parking destiné au personnel, cerné de plantes en fleur, non loin d'une immense piscine autour de laquelle bronzaient de riches Occidentaux.

— Putain, je déteste ce tailleur, ronchonna Kira à l'arrière.

— Il te va pourtant à merveille, sourit Bolan.

— Ne te fiche pas de ma gueule…

— Tu trouves ce Gilles Caillot. Tu lui fais dire ce qu'il sait et tu sors. OK ?

— Saloperie de talons…

— Tu m'écoutes, là ?

— Oui, oui.

— Ça grouille d'officiels là-dedans. Ça ne me plaît pas des masses… Il s'agit d'être prudent et efficace. S'il n'y avait que moi, on ferait demi-tour illico !

— Yep, mais on n'a pas trop le choix, souffla Kira enfin prête. Sans informations détaillées, je ne vois pas comment on pourra s'introduire dans un complexe militaire surprotégé.

Bolan hocha la tête et pinça les lèvres. Il savait parfaitement que Kira avait raison.

— Je t'attends ici, prêt à détaler si besoin est.

— Ça roule, souffla Kira en sortant du van, l'air engoncé.

— Tu as vérifié ton kit de communication ?

— Si tu cries encore plus fort, l'oreillette va exploser, répondit Kira en portant une main à son oreille droite.

Elle rajusta une énième fois son tailleur et avança vers l'hôtel, le pas de plus en plus assuré.

Le lobby de l'établissement était vaste, avec un sol en marbre et des plafonds hauts. L'endroit respirait le luxe et le contraste était saisissant avec la pauvreté crasse des rues de Yangon. Kira se dirigea vers la réception, sur sa droite, et remarqua un panneau indiquant le spa à gauche. La pensée d'une petite séance de massage traversa fugacement son esprit, inondant son visage de plaisir.

— Bonjour, madame. C'est pour un check in ? demanda, tout sourires, un concierge en polo Lacoste noir, à la carrure d'agent de sécurité.

— J'ai rendez-vous avec M. Gilles Caillot, lança-t-elle avec assurance.

Le visage du concierge se figea. Kira se demanda si elle avait commis un impair.

— De la société Alcatel Shanghai Bell ? demanda-t-il en relâchant soudain ses traits.

— C'est bien ça, confirma Kira avec le détachement et l'air arrogant de celle qui ne supporte pas d'attendre.

— Qui dois-je annoncer ?

— Maître Anet Benning, mentit Kira. Voici ma carte. N'écorchez pas mon nom, s'il vous plaît.

Le concierge prit la carte et la réserva, toujours avec le même sourire. On obtenait tellement plus en affichant sa bonne humeur et son caractère constant. Un moyen comme un autre d'engranger des informations et de rendre compte aux militaires de la junte pour qui il espionnait les clients de l'hôtel. Il composa un numéro de chambre et porta le combiné d'un téléphone contre son oreille. Quelques secondes s'écoulèrent puis il raccrocha, l'air désolé.

— M. Caillot ne répond pas.

— Il est sorti ? interrogea Kira sèchement.

— Je l'ignore, madame.

— Ce n'est pas grave. Je suis un peu en avance. Je vais attendre ici, si vous me le permettez.

— Bien sûr, madame Benning.

Kira s'éloigna. Dans son dos, elle sentait le regard du concierge. Il ne la quittait effectivement pas des yeux. Pas grave, elle avait ce qu'elle voulait. Elle se dirigea vers le business center, où s'affairaient une poignée d'Occidentaux en costumes, visiblement en séminaire d'entreprise. Elle les observa un instant, ouvrit son chemisier et fonça sur le plus jeune d'entre eux, qui tentait de transmettre un fax via une machine récalcitrante.

— Excusez-moi, je cherche la société Alcatel Shanghai Bell, lui demanda-t-elle à brûle-pourpoint, en offrant son décolleté.

— Les Français ? s'étonna le grand gaillard tout en laissant glisser son regard. Ils sont au cinquième étage des Business Suites. Mais ils ne sont pas drôles. Venez plutôt boire un verre avec moi au bar, mademoiselle.

— Après mon rendez-vous… Qui sait ? gloussa Kira en forçant le trait.

— J'y serai.

— Alors, commandez-moi un Cuba Libre, soupira-t-elle à la manière d'une vamp dans un film noir des années cinquante.

L'homme la regarda s'éloigner, visiblement émoustillé. Kira ne se retourna pas et esquissa un petit sourire satisfait. Elle n'en revenait pas de se révéler aussi parfaite dans le rôle de la bimbo décérébrée, que dans celui de l'avocate sans pitié. En parfait caméléon, elle quitta le business center sur une démarche chaloupée. Tous les hommes étaient vraiment à la merci d'une paire de seins.

Tous ? Sauf Bolan. Mais Bolan est un mystère. Une énigme que personne ne semblait en mesure de résoudre, songea-t-elle.

De retour dans le lobby, Kira profita de l'arrivée d'un important groupe de Chinois pour emprunter l'escalier, préférant éviter les ascenseurs qui se trouvaient certainement sous surveillance vidéo. En grimpant les marches recouvertes de moquette, elle ne remarqua aucune caméra. Et ne croisa qu'une femme de chambre qui portait un tuyau d'aspirateur enroulé autour du cou.

Parvenue au cinquième étage, elle suivit un petit panonceau en Plexiglas qui fléchait les derniers mètres. Elle traversa un long couloir et s'immobilisa devant une porte sur laquelle était scotchée une feuille imprimée du logo de l'entreprise pour laquelle travaillait le dénommé Caillot.

Kira s'apprêtait à frapper, quand elle remarqua que la porte était légèrement entrebâillée. Elle prêta l'oreille, mais n'entendit rien. Du bout de l'index, elle poussa le battant et entra. A l'intérieur, la vaste suite était sens dessus dessous. Un écran plat brisé au sol, des feuilles de papier sur le canapé, des chaises qui gisaient au milieu de bris de verre…

Manifestement, il s'était passé quelque chose, ici.

Quelque chose de grave.

Kira progressa lentement au milieu de ce chaos. Elle remarqua un ordinateur sur un bureau. Il semblait intact. Puis elle pénétra dans la chambre attenante dans le salon dévasté. Là, sur un grand lit king size reposaient deux corps nus, gorges tranchées. Leur sang avait imbibé les draps et giclé sur les murs, y dessinant de sinistres arabesques.

Kira porta sa main à la bouche, saisie, puis entra en contact avec Bolan via le système de communication.

— C'est la merde, soupira-t-elle.

— Qu'est-ce qui se passe ? demanda Bolan d'une voix crachoteuse.

— J'ai deux machabées en visuel…

— Caillot ?

— J'en sais rien. Y a un mec et une Chinoise sur le lit…

— Faut vérifier.

— Y a du sang partout ! C'est horrible.

— Fouille dans leurs affaires.

— Ils sont à poil.

— Cherche.

Kira se ressaisit, puis s'exécuta. Elle ne tarda pas à trouver un pantalon. De l'une des poches, elle extirpa un passeport français et le feuilleta.

— C'est bien lui…

— Eh merde, on est tombés dans un piège. Fous le camp immédiatement ! ordonna soudain Bolan dont l'instinct venait de sonner l'alarme.

— Attends, il y a un ordi. Je peux peut-être en extraire quelque chose, proposa Kira, de nouveau maîtresse d'elle-même.

— Tu ne piges rien ou quoi ? Ce meurtre a été mis en scène. Je te fiche mon billet que la Police birmane ou les services de renseignement, ou même l'armée va débouler dans quelques minutes. On veut nous faire porter le chapeau…

— Tu crois que c'est Yoko ? demanda Kira en pianotant sur le clavier de l'ordinateur de Caillot.

— Je n'en sais rien, mais dégage pendant qu'il est encore temps.

Kira en décida autrement et lança une recherche sur le disque dur concernant « Yadanabon ». Sur l'écran, un message lui indiqua que sa requête était validée par trois fichiers. Elle connecta une clé USB à l'ordinateur et lança le téléchargement de ces données.

Tout à coup, une fenêtre surgit, porteuse du message qu'elle redoutait le plus : « Entrez votre login. » Elle se frotta le front, ouvrit grands ses yeux bleus et plongea dans son mental.

« Cherche, ma fille. Cet abruti de Français n'est pas compliqué à cerner. Il n'est pas du genre à utiliser un mot de passe compliqué. C'est un ingénieur, il fait confiance aux machines. Oui, c'est ça… »

L'air triomphant, elle pianota sur le pavé numérique quatre fois le chiffre un.

— Kira, qu'est-ce que tu fous ? beugla la voix de Bolan.

Le mot de passe était le bon. Kira accéda à la partition du disque dur sur laquelle étaient stockées les données qui intéressaient Kira.

— Encore quelques secondes et j'aurai récupéré les fichiers de Caillot concernant Yadanabon. Voilà, c'est bon. J'efface le disque dur…

Au même moment, des sirènes résonnèrent depuis l'extérieur de l'hôtel. Kira s'approcha d'une fenêtre et souleva un rideau. Des voitures venaient de s'immobiliser devant le hall. Plusieurs hommes en uniformes descendirent en hurlant.

— La Police, Kira. Dégage ! intima Bolan.

— Je fonce.

— Déclenche une alerte incendie, conseilla Bolan. Ça les retardera.

Kira retira ses chaussures à talons et s'élança dans le couloir. Les portes se succédèrent de part et d'autre, à un rythme soutenu. Plus vite. Au passage, elle enfonça une alarme d'un coup de poing. Celle-ci se mit immédiatement à striduler avec force, créant une panique instantanée dans l'hôtel et provoquant un afflux soudain de clients dans les corridors.

Plus vite.

Kira passa devant l'ascenseur et l'escalier principal, les évita, leur préférant une sortie de secours au bout du couloir. Elle força la porte et dévala un escalier métallique en colimaçon qui donnait sur l'extérieur.

— Je suis à l'arrière de l'hôtel, précisa-t-elle à Bolan, essoufflée. Près d'un local à poubelles…

— Je te récupère.

Le van s'arrêta devant le porche qui conduisait au cybercafé. Bolan tourna la tête et regarda Kira qui s'affairait sur son ordinateur portable, aux allures de mallette nucléaire. Elle avait vite récupéré de sa course-poursuite à l'hôtel Sedona. Elle était si jeune…

— Tu crois vraiment que Yoko nous a trahis ? demanda-t-elle tout à coup, regard braqué sur l'écran.

— Je dois m'en assurer, répondit Bolan en vérifiant le chargeur de son pistolet.

— Il ne m'a pas fait l'impression d'un mauvais type.

— Les apparences sont des ennemies comme les autres ! Tu as avancé ?

— Les fichiers de Caillot sont cryptés. Ça va prendre un peu de temps avant d'y voir clair, expliqua Kira.

— Je te fais confiance, souffla Bolan. Si je ne suis pas revenu dans une demi-heure, tu fous le camp. Direction la frontière thaïlandaise. J'ai prévenu un ami. Il nous exfiltrera dans quarante-huit heures par hélicoptère. Quoi qu'il arrive. Les coordonnées du point d'extraction sont dans le GPS.

— O.K., fit Kira, tout en refusant d'imaginer le pire.

Bolan descendit du camping-car et disparut sous l'arcade surveillée par des dragons de pierre. Les créatures, en plein jour, semblaient moins terrifiantes qu'à sa première venue. Dans le van, Kira redoubla d'efforts. Elle devait cracker le code et accéder aux informations de l'ingénieur français. Elle se sentait investie d'une nouvelle mission. La population birmane était une reproduction vivante de la statue des trois singes. Son gouvernement lui fermait les yeux, les oreilles et la bouche. Il incarnait cette dictature que Kira avait éprouvée jusque dans sa chair. Cette tyrannie qui foulait aussi bien l'âme que le corps et qu'elle allait foudroyer avec l'aide de Bolan.

« Trouve le chiffre, ma grande », songea-t-elle en faisant craquer une à une les articulations de ses doigts.

Kira savait que si un chiffre était sûr contre des attaques analytiques, il pouvait se révéler vulnérable contre des attaques par force brute quand la clé de cryptage s'avérait trop courte. Elle lança donc une attaque via un logiciel qui essayait toutes les clés possibles jusqu'à ce qu'il trouve la bonne.

La durée d'attente dépendait de la taille de la clé et de la puissance de calcul disponible. Cette dernière n'était pas optimale. Mais Kira avait connu pire…

Les lignes de codes se mirent à défiler sur l'écran, hypnotiques. Elles tombaient comme une averse de mousson, vite et fort.

Energie binaire pure.

Kira se frotta les yeux et bâilla bruyamment, couvrant le ronronnement de l'ordinateur qui peinait à refroidir les composants surchauffés par l'opération.

Le menton calé dans sa main, elle sombra dans un sommeil aussi imprévu qu'immédiat. Un sommeil blanc, sans rêve ni cauchemar.

Parenthèse rare dans la vie de Kira.

Aussi rare, que brève…

Soudain, le bruit de la porte latérale du van la réveilla en sursaut. Bolan grimpa rapidement et referma derrière lui. Son visage était grave. Ses yeux luisaient, irradiant d'un danger imminent.

— Ils sont tous morts, un vrai carnage, souffla-t-il en passant à l'avant du véhicule.

— La police ? Les militaires ?

— Non, du boulot de psychopathe…

— Yoko, bredouilla Kira, honteuse de s'être endormie et pas vraiment sûre d'avoir quitté le monde onirique.

— Eventré…

Ni rêve, ni cauchemar.

Juste la réalité, cinglante comme un coup de fouet.

— Ce n'est donc pas lui qui nous a vendus.

— Honnêtement, je m'en contrefiche, rétorqua Bolan en démarrant. Je sens les mailles du filet qui se resserrent autour de nous et très franchement, je pense qu'il est temps de foutre le camp… Je préfère être le pêcheur, plutôt que le poisson…

— J'ai presque réussi à décrypter les fichiers, protesta Kira.

— Et moi, je te dis que la situation n'est plus sous contrôle.

— Laisse-moi un peu de temps, supplia-t-elle.

Bolan passa la première. L'embrayage renâcla.

— Dans quarante-huit heures, on s'arrache.

— Ça devrait suffire, soupira Kira.

— Que cela suffise ou pas. Si dans quarante-huit heures nous n'avons aucune stratégie pour pirater le serveur, c'est bye bye, Mynamar.

— Tu doutes ? interrogea Kira qui sentait que Bolan camouflait une grande inquiétude.

Non, Bolan n'hésitait pas. Bolan ne tergiversait pas. La vie ne lui en avait jamais laissé le loisir. Depuis la mort de sa famille, il savait ce qu'il fallait faire. Il le savait intimement. Tout son corps, tout son esprit lui dictait. Ici, et maintenant, il en allait de même.

Il fallait quitter Yangon au plus vite, partir en direction de Mandalay.

Dans un premier temps…

CHAPITRE X

Après avoir avalé plus de trois cents kilomètres de routes cahoteuses, le van Bedford déboula dans la plaine de Sittang, bordée au loin par les rides montagneuses du Pegu Yoma, puis arriva en vue de la nouvelle capitale Nay Pyi Taw, créée de toutes pièces par le gouvernement.

En 2005, les dirigeants birmans y avaient délocalisé les centres de pouvoir de la junte pour se prémunir d'une invasion étrangère. Les militaires de Yangon soupçonnaient alors Washington d'avoir planifié une opération aéroportée visant à installer au pouvoir le prix Nobel de la paix Aung San Suu Kyi, dont les supporters avaient remporté les élections générales de 1990. Selon d'autres sources levées par Kira, il s'agissait plutôt de détourner l'attention du développement de la zone militaire au sud de Yézin. Là où seraient installées des infrastructures susceptibles d'accueillir un programme nucléaire militaire clandestin ou encore, avec l'aide de cadres nord-coréens, des usines de montage de missiles.

En soulevant un nuage de poussière, le van pénétra une ville insaisissable qui s'étendait sur sept mille kilomètres carrés. De très rares panneaux indicateurs mentionnaient des directions, jamais de kilométrages. Le gigantisme des lieux et de monumentaux ronds-points coiffés de fleurs en ciment donnèrent rapidement à Bolan une impression de répétition virant à la confusion.

Sur la Friend of King Avenue, large comme une piste d'atterrissage, aucun badaud sur les vastes trottoirs en pierre rouge, peu de promeneurs, seule une poignée de deux-roues pétaradants, de camions et de berlines fatiguées circulait dans ces parages grandiloquents. Soudain, surgi de nulle part, un buffle tirant une charrette de foin apparut dans cet espace urbain fantomatique.

— C'est vraiment space, murmura Kira.

— Hum, je ne sais pas, mais cette ville me file le bourdon, grogna Bolan, l'air inquiet.

— Tu sais quoi ? Le généralissime Than Shwe aurait décidé de sa création après l'avis d'un astrologue qui prédisait sa chute s'il ne changeait pas de capitale, expliqua Kira qui consultait internet sur son ordinateur portable. Ces mecs sont vraiment dingues…

— C'est bien ce qui m'inquiète.

Bolan ne s'attarda pas dans cette zone contrôlée par les cronies[33]. Il décida de rouler aussi longtemps que son état de fatigue le lui permettrait et de fuir cette ville imaginée par les militaires, pour les militaires. Où chaque zone était si facilement verrouillable en cas d'insurrection.

*
* *

33. Les affidés et amis du régime.

Le soleil commençait à décliner lorsqu'ils arrivèrent près de Mandalay. La région était très plate. Bolan suivit une route qui menait au pied d'une colline, au nord de la deuxième plus grande ville du pays. Un site d'observation parfait, offrant certainement une vue sur toute la plaine. Malheureusement, si la simple évocation de Mandalay faisait rêver, la ville était couverte d'une brume mêlant chaleur et pollution qui rendait impossible d'admirer quoi que ce soit.

Bolan gara quand même le camping-car sur un parking désert, non loin d'une pagode.

— C'est la colline de Mandalay, commenta Kira qui s'était renseignée sur internet. Et la pagode Kuthodaw qui abrite le plus grand livre du monde.

— Une fois ta carrière vengeresse achevée, tu pourras toujours te reconvertir dans le tourisme, rigola Bolan en regardant la colline à travers la vitre. Beau dénivelé.

— Tu comptes le gravir ?

— J'ai besoin de prendre l'air, madame la guide, répondit Bolan, les yeux rougis de fatigue.

— Mille sept cents marches ou l'ascenseur…

— Tu en es où ? demanda Bolan, la main sur la poignée.

— Quatre-vingt-dix-sept pour cent. Dans quelques minutes, j'aurai accès aux fichiers. Avec un véritable ordinateur, la procédure aurait mis moins de temps, soupira Kira.

— Je vais attendre avec toi.

— Mais tu ne voulais pas t'aérer ?

— On s'aérera ensemble, quand on saura à quelle sauce nous serons mangés, répondit Bolan en s'étirant.

Kira esquissa un vague sourire, attrapa une barre de céréales au chocolat et la dévora goulûment.

— T'en veux une ?

— Non. Je fais attention à ma ligne, plaisanta Bolan. En revanche, je donnerais cher pour un café.

Kira se leva, fouilla dans un placard et en sortit une dosette de café lyophilisé. Elle en versa le contenu poudreux dans un gobelet en plastique et fit chauffer de l'eau dans une vieille bouilloire. Elle poussa jusqu'à servir Bolan avec le sourire, puis retourna s'asseoir devant l'écran de son ordinateur portable.

— Bingo ! s'exclama-t-elle au bout de quelques minutes, la bouche pleine d'une nouvelle sucrerie. C'est déverrouillé !

— Je t'écoute, souffla Bolan en se retournant, gobelet vide à la main.

— L'un des fichiers est un mémo interne rédigé par Caillot concernant Yadanabon, expliqua Kira.

— Ça tombe bien…

— En périphérie de Pyin U Lwin, la cybercité de Yadanabon est placée sous la responsabilité de Nay Shwe Thway Aung, petit-fils de Than Shwe, leader de la junte birmane depuis 1992, commença à lire Kira. Installée dans une zone militaire de plus de quatre mille hectares, la cybercité est destinée à constituer le centre névralgique du réseau internet birman.

— Du lourd !

— Le chantier high-tech a été lancé fin 2007. Alcatel Shanghai Bell a été choisie avec les sociétés Shin Satellite pour la Thaïlande, ZTE pour la Chine, IP Tel Sdn Bhd, pour la Malaisie et CBOSS pour la Russie. Le marché comprend la livraison d'une solution intégrée d'interception, de stockage et d'indexation des communications des dissidents birmans. Du type de celle que nous avons implantée en Libye sous le régime de Kadhafi.

— Salopards de Français, ils ont fourni à Mouammar de quoi martyriser son peuple et ensuite ils lui ont déclaré la guerre, soupira Bolan. Vente, service après-vente, les bouffeurs de grenouilles sont vraiment de sacrés roublards…

— J'attire votre attention, poursuivit Kira, sur le fait qu'il n'est pas question de déployer un réseau neutre et acentré, ni même un réseau de communication performant, mais bien un réseau le plus simple possible à écouter, le plus centralisé possible.

— O.K. Les autres fichiers ? interrogea Bolan.

Kira les ouvrit l'un après l'autre.

— Plan du complexe de Yadanabon ! exulta Kira.

— Ça, c'est parfait.

— Et architecture détaillée du serveur, compléta Kira.

Bolan regarda sa montre.

— Il nous reste vingt-six heures avant l'extraction, lança-t-il sur un ton martial. C'est jouable. Mais serré.

— Tu as un plan ?

— On va la jouer à la Mission Impossible, répondit Bolan.

— Les films avec Tom Cruise ? J'ai bien aimé le dernier…

— Non, la série télévisée de Bruce Geller, coupa Bolan, l'air navré. C'était un bon ami de mon père. Il lui avait soufflé l'idée d'une équipe d'agents secrets américains à qui l'on réserve les missions les plus délicates. Et moi-même, plus tard, je me suis inspiré des techniques d'infiltration de l'Impossible Mission Force… Sosie, acteurs, poupées de cire, fausse monnaie, mise en scène, électronique miniaturisée, imitation, déguisements… J'ai fait entrer la fiction dans le réel.

— Alors ?

— Alors, on va grimper au sommet de cette colline. Là-haut, on va regarder le soleil se coucher.

— Tu délires ?

— Non, Kira, c'est peut-être notre dernier coucher de soleil. Alors, je ne veux pas le louper. Et puis, mille six cents marches, ça nous laisse le temps d'esquisser une stratégie pour un blitz en douceur…

— Mille sept cents, corrigea Kira. En douceur ?

— A moins de lever une armée dans l'heure, je ne vois pas comment procéder autrement. Nous allons devoir infiltrer ce complexe sans éveiller le moindre soupçon, implanter ton truc dans le serveur, télécharger tous les courriels des clients de Phénix et rentrer à la maison avec des souvenirs pleins la tête.

— Easy, souffla Kira en souriant.

— J'ai connu plus compliqué, rétorqua Bolan en sortant du van.

Dehors, malgré la fin du jour, la chaleur était encore puissante. Elle enveloppa Bolan, qui déjà ruisselait de sueur. Kira le rejoignit.

— Je voulais te dire…, commença-t-elle.

— Non, ne dis rien, l'interrompit Bolan. Ce n'est ni le moment ni l'endroit. On aura tout le temps, après. On doit se concentrer sur l'essentiel.

— Sur la stratégie, hein ? C'est ça ?

— La stratégie, Kira, c'est l'art de faire face à son

destin, répondit Bolan en se dirigeant vers l'escalier qui grimpait sur le dos de la colline.

Kira le regarda, admirative, et choisit de faire face avec lui.

Au sommet, Bolan et Kira ne virent rien d'autre qu'un voile grisâtre recouvrant la quasi-intégralité du panorama. Ils avaient néanmoins profité de l'ascension pour mettre au point les détails de l'opération qu'ils avaient baptisée d'un commun accord : « Ultime brasier », décidés qu'ils étaient à empêcher le réseau Phénix de renaître de ses cendres.

Après quelques minutes de silence sur la cime décevante, ils redescendirent avec en tête toutes les phases d'un plan qui selon Bolan se déroulerait sans accrocs, si Kira adoptait la même discipline militaire que lui. Tuer était une activité que Bolan trouvait éminemment simple. Surtout qu'il s'y adonnait exclusivement sur un échantillon dégénéré de l'humanité. En revanche, épargner des vies nécessitait des procédures extraordinaires, une rigueur implacable et une logique particulière. Oui, épargner des gens, curieusement, s'avérait bien plus compliqué que les exécuter.

C'était la première fois depuis qu'il était parti en guerre contre la mafia que Bolan se lançait dans un blitz qui ne supporterait aucun mort.

Un seul coup de feu et « Ultime brasier » se transformerait en échec.

Un seul coup de feu et ce serait la fin.

La junte ne les épargnerait pas. La junte n'épargnait

pas ses ennemis, surtout ceux qui agissaient dans l'ombre.

Avant de démarrer, Bolan s'assura que Kira avait bien compris.

Puis tous deux reprirent la route, délaissant le paradis perdu de Mandalay, que la nuit recouvrait inexorablement d'une chape de ténèbres.

Lorsque Kira se réveilla, recroquevillée sur la banquette arrière du van, Bolan la regardait. Les rayons du soleil naissant perçaient les vitres poussiéreuses et traversaient l'habitacle comme des lasers. Des particules dansaient autour de l'Exécuteur sans jamais le frapper. Kira se frotta les yeux et vérifia que son piercing en forme de pentacle était toujours là. Un réflexe dont elle ne parvenait pas à se défaire.

— On est arrivés ? demanda-t-elle, ensuquée.

— Oui.

— Tu as roulé toute la nuit ? s'inquiéta Kira en bâillant.

— Une partie.

— Alors, c'est l'heure du branle-bas de combat !

— Dans vingt minutes.

— J'adore ta précision.

— Dans cette opération, le timing est essentiel.

— Je sais, je sais, répéta Kira en se redressant. Mille sept cents marches, ça laisse le temps de s'imprégner de tous les détails.

Durant l'ascension de la colline Mandalay, Bolan l'avait abreuvée des modalités de ce blitz particulier qu'il envisageait de mener contre le centre névralgique des communications de la junte birmane.

— Aucune arme, aucun moyen de communication, ça me rappelle mes débuts, murmura Bolan. J'ai l'impression d'être redevenu un artisan…

— D'après ce que je sais de toi, c'est vrai que ces dernières années tu as plutôt donné dans l'industriel !

— C'est le Crime Organisé qui a muté. Je n'ai fait, encore une fois, que m'adapter. Les mafias ne sont plus des petits clans familiaux, mais des multinationales tentaculaires. On ne dératise pas les égouts avec une tapette à souris !

Kira esquissa un sourire. Elle trouvait l'image particulièrement drôle.

— La base de données du personnel d'Alcatel Shanghai Bell compte deux nouveaux ingénieurs, expliqua-t-elle. J'ai fait ça avant de m'endormir.

— Tu n'as jamais pensé à bosser pour une boîte informatique ? Enfin, je veux dire légalement… Parce que tu es quand même sacrément douée !

— Oh ! non, là c'est rien, rétorqua Kira avec modestie. Parfois, certains logiciels contiennent des backdoors, c'est-à-dire que pour certaines commandes suivies d'arguments particuliers ou avec un mot de passe bien défini, le logiciel peut avoir un comportement différent.

— Je ne te suis plus, fit Bolan, dépassé.

— Permettre à l'utilisateur de devenir root, renvoyer un shell system à l'utilisateur… Des trucs comme ça.

— Ah. Tu peux t'arrêter là, à mon avis…

Mais Kira était soucieuse de partager ce qui lui paraissait le nerf de la guerre.

— Ces trappes sont inclues directement dans le code

du logiciel. Certains développeurs veulent posséder un accès sur tous les systèmes utilisant leurs logiciels. Par exemple, Ken Thompson, l'un des pères d'UNIX, pouvait ainsi visiter tous les systèmes utilisant son application modifiée.

— Je crois qu'il faut que je procède à une mise à jour !

— Je m'en occuperai, papa.

Le mot avait été lâché avec naturel. Kira ne s'était même pas aperçue qu'elle l'avait prononcé. Dans l'habitacle du van, garé et camouflé dans la jungle près du complexe de Yadanabon, l'air s'appesantit soudain. Bolan, gêné, ne savait pas comment réagir. Il regarda au-delà du pare-brise sale. Plongeant son esprit dans la forêt dense, inextricable.

Il toussota.

Le genou et la cuisse droites de Kira se mirent à bouger nerveusement. Elle grignota un de ses ongles, sur lequel s'accrochait encore un peu de vernis violet.

— Je ne voulais pas..., finit-elle par lâcher à mi-voix.

— Ne t'excuse pas. Il faut juste que je m'habitue, la rassura Bolan.

— Je me sens bête.

— Il ne faut pas.

— C'est sorti tout seul. Je ne sais pas pourquoi.

— Peut-être parce qu'il est temps qu'on se comporte autrement, analysa Bolan. Peut-être qu'il est temps que je me réveille...

— Je ne veux pas te mettre la pression, le coupa Kira. Ce n'a jamais été mon intention.

— Je sais. Enfin, je crois savoir. Ecoute, je te propose

de finir notre boulot ici, de rentrer et de mettre tout ça à plat dès notre retour.

La voix de Bolan était sincère. Ses contours nets ne dessinaient rien de moins qu'un possible avenir entre lui et Kira.

— O.K., ça marche comme ça, soupira celle-ci, soulagée. Au fait, voilà les badges, imprimés avec le matériel fourni par ce pauvre Yoko. J'ai bricolé comme je pouvais avec les deux vrais badges que tu m'as fournis et réencodé leurs pistes magnétiques. Ils viennent d'où, d'ailleurs ?

— Je n'ai dormi qu'une partie de la nuit, répondit Bolan, l'air mystérieux.

— Tu as tué leurs propriétaires ?

— Quand ils se réveilleront, ils mettront beaucoup de temps à sortir de là où je les ai entreposés, sourit Bolan.

— O.K., fit Kira, qui ne voulait pas en savoir plus.

— Pour les passeports ?

— Pour les passeports, il faut espérer qu'ils ne regardent pas de trop près, soupira Kira en grimaçant.

— Ils n'en auront pas le loisir…

CHAPITRE XI

La pluie commença à tomber au moment exact où Bolan et Kira traversaient le parking qui les séparait du premier point de contrôle surveillant le complexe de Yadanabon, en pleine « Silicon Valley » birmane. Toutes les sociétés informatiques, nationales ou étrangères, se trouvaient regroupées dans cette cyberville.

Devant eux, au loin dans les collines boisées, les toits bleus de nombreux bâtiments émergeaient d'une canopée épaisse et vert foncé. Ainsi que celui, plus haut et rose, du Teleport building, un immeuble propriété du ministère des Postes et Télécommunications et dans lequel se trouvait l'objectif final de leur mission.

— Vu d'ici, ça semble carrément impossible, murmura Kira qui évoluait en robe noire et chaussures plates vernies.

Pour les besoins de l'opération, elle avait ôté son piercing en forme de pentacle et tous les autres.

— Tais-toi, intima Bolan qui, quant à lui, portait un costume gris taillé sur mesure ainsi qu'une cravate bleue.

Les premières gouttes d'une averse à venir s'évaporaient sur l'asphalte brûlant et commencèrent à tacher les tissus.

— Putain, on dirait deux abrutis de cadres commerciaux qui bossent dans l'informatique, gloussa Kira en accélérant le pas.

— Nous sommes deux abrutis de cadres commerciaux qui travaillent dans l'informatique, confirma Bolan en serrant les dents. Et maintenant, par pitié, ferme-la.

Ils arrivèrent devant une grande guérite, où deux soldats les accueillirent, tandis qu'un troisième restait à l'intérieur, le regard vissé sur un écran d'ordinateur. Une barrière ainsi qu'une herse escamotable munie de pointes barraient le passage. Autant d'obstacles infranchissables pour les véhicules non autorisés sur la zone. Pour les piétons, un petit trottoir longeant la guérite avait été aménagé.

Il était 8 h 30 du matin.

L'opération « Ultime brasier » pouvait commencer.

L'un des deux militaires, casque rivé sur la tête, tendit le bras devant Bolan, paume en avant. Le message était clair et voulait dire stop.

Kira et Bolan s'immobilisèrent.

Un crachin tiède brumisait leurs visages. Les trombes d'eau tardaient à se déverser d'un ciel pourtant de plus en plus chargé.

Bolan tendit son badge d'accès. Kira fit de même. Les badges passèrent dans les mains du deuxième militaire qui les porta à son supérieur resté dans la guérite.

Pendant ce temps, Kira et Bolan,bras levés au-dessus de la tête, étaient soumis au balayage d'un détecteur de métaux portable. Kira comprit pourquoi Bolan avait insisté pour qu'elle ôte l'intégralité de ses piercings.

8 h 37.

L'officier birman, visage fermé, glissa le badge de Bolan dans la fente du lecteur magnétique relié à son ordinateur. Aussitôt, une série de photos appartenant à tous les employés d'Alcatel Shanghai Bell travaillant sur le site défila à l'écran. Au bout de quelques secondes, l'un des clichés se figea. Il appartenait à Sebastien Jug, directeur commercial grands comptes. Mais son visage était celui de Bolan. La mention « Authorised » apparut en surimpression, mais ne sembla pas satisfaire totalement le chef des cerbères.

L'officier répéta l'opération avec le badge de Kira. Cette fois, le visage de Kira apparut sur la fiche d'une certaine Cécile Bertrand, assistante commerciale. Elle aussi était autorisée à pénétrer le périmètre sécurisé.

L'officier, badges en main, se leva et sortit. Il ordonna à ses hommes de s'écarter et s'approcha de Bolan. Ses lunettes de soleil aviateur renvoyaient l'image de l'Exécuteur en tenue de dandy. Un reflet inédit !

— Passeports ! intima-t-il, en anglais.

— Nos badges sont en règle, protesta Bolan.

— Passeports ! ordonna de nouveau l'officier, en posant une main sur la crosse de son pistolet qui dépassait de son holster.

— O.K., OK…, souffla Bolan en tendant ses papiers.

8 h 45.

Une énorme détonation secoua soudain l'air tropical. Des nuées d'oiseaux s'envolèrent en piaillant. Et une colonne de fumée épaisse s'éleva au-dessus du parking. Les soldats, tétanisés, ne réagirent pas immédiatement. Bolan, lui, rangea promptement le passeport que l'officier n'avait pas eu le temps de consulter. Ce dernier hurla un ordre à ses hommes qui se précipitèrent vers le lieu de l'explosion. Bolan le regarda, avec l'air de demander l'autorisation de passer.

L'officier hésita un instant, puis d'un fébrile signe de la tête invita Bolan et Kira à franchir le check-point. Ceux-ci s'exécutèrent avec naturel, sans manifester la moindre précipitation. Laissant derrière eux un chaos en devenir.

— Quelle synchronisation, chuchota Kira.

C'était moins une seconde, rétorqua Bolan en regardant une colonne de soldats sortie d'un casernement courir vers la guérite, telles des fourmis en guerre.

Direction le Teleport building, allée B, cinq cents mètres, puis allée A, trois cents mètres, récapitula Kira qui avait appris le plan des lieux par cœur.

A cet égard, l'un des fichiers de l'ingénieur Caillot s'était révélé bien utile, car il contenait toute la documentation nécessaire à une bonne orientation dans ce qui ressemblait à un parc d'activité gigantesque, plus qu'à une zone militaire.

Bolan et Kira progressaient désormais sur un chemin pavé de brique ocre. Autour d'eux, une jungle paysagée contrastait avec l'architecture high-tech des bâtiments. Nature et culture semblaient déterminées à entretenir un rapport harmonieux et s'organisaient en conséquence. La main des hommes n'avait pas été trop lourde, et le paysage avait conservé une certaine authenticité, loin des ravages urbains de certaines agglomérations birmanes.

— J'ai l'impression d'être Dorothy et de me diriger vers la cité d'émeraude, murmura Kira.

— Et moi, je suis l'épouvantail ou le bûcheron en fer blanc ? demanda Bolan.

— Non, toi tu es le lion, répondit Kira.

— Je vais recevoir une médaille ?

— Non, ça, c'est dans le film[34]. Dans le roman, le lion se voit administrer une potion censée lui donner du courage.

— Je suis donc peureux ?

— Oui, comme nous tous. Mais toi tu as réussi à effrayer ta peur…

Bolan sentit un sourire naître à la commissure de ses lèvres, mais se retint. Un petit groupe de soldats venait à leur rencontre. Parvenu à leur hauteur, le peloton s'immobilisa dans une manœuvre aussi théâtrale que martiale. L'un des militaires s'approcha de Bolan et réclama le badge qui pendait à son cou en le pointant du doigt. Bolan regarda Kira et fit mine de ne pas comprendre.

Le sous-officier s'énerva et finit par arracher le badge. Bolan hésita à répliquer. Il savait qu'il ne fallait pas, mais quelque chose dans ses doigts le démangeait. Le militaire analysa le badge avec rigueur. Il grimaça à plusieurs reprises. Sans doute conscient qu'il s'agissait d'un faux.

8 h 59.

Une deuxième détonation, plus forte que la précédente, ébranla la certitude du sous-officier. Bolan et Kira, qui avaient répété cette action des dizaines de fois, s'aplatirent sur le sol, mimant à merveille deux civils apeurés. Le sous-officier, bouche bée, laissa

34. Le Magicien d'Oz.

tomber le badge. Puis, un ordre jeté en birman fusa. Le peloton se mit en branle et fila à grandes foulées vers l'entrée principale du complexe.

Bolan et Kira se relevèrent en s'époussetant.

La faible pluie ne parvenait pas à lessiver le sol poussiéreux, à peine l'imprégnait-elle. Etrange sensation sèche dans un environnement moite, saturé d'humidité jusqu'à l'étouffement.

Bolan ramassa son badge et regarda le cadran de sa montre. Il fronça les sourcils et pinça ses lèvres.

— Là, j'avais vraiment une minute d'avance, souffla-t-il. Le minuteur du détonateur était réglé sur 9 heures.

— Tu as fait sauter quoi, cette fois-ci ?

— Un camion-citerne rempli d'essence…

— Il reste cinq cents mètres, lâcha Kira comme si elle redoutait que d'autres événements se produisent avant qu'ils ne parviennent à investir leur objectif.

9 h 10.

Le bâtiment s'imposa soudain à la vue de Kira et de Bolan. Grand, surmonté de stupas stylisés, résolument moderne.

Impressionnant. Moins par sa masse que par ce qu'il symbolisait : l'aboutissement d'une mission aux allures de suicide. Des militaires étaient postés tout autour et sur le toit. Des véhicules blindés légers prenaient position. L'état d'urgence semblait décrété. Les militaires pensaient sans doute répondre à une attaque menée par les opposants au régime, ou par une minorité ethnique rebelle. Les combattants de l'Armée pour l'indépendance du Kachin[35] dans le nord du pays, il est vrai, étaient très actifs.

La soldatesque ne se doutait pas un seul instant que l'ennemi avait déjà franchi leurs lignes de défense et qu'il progressait à l'intérieur du cordon de sécurité qui venait d'être resserré.

Le ver était dans le fruit.

L'Exécuteur était dans la place.

Bolan et Kira se présentèrent à l'entrée principale du bâtiment où plusieurs soldats entassaient des sacs de sable. Encore une fois, on les arrêta. Bolan présenta son badge. Kira fit de même. L'homme qui les contrôla était jeune, trop jeune. Et pensa que si deux visiteurs étaient parvenus jusque-là sans encombre, il pouvait les laisser entrer sans véritablement enfreindre les protocoles de sécurité.

9 h 17.

Bolan jubilait. Ils avaient réussi à s'introduire dans le Teleport Building. Dans le vaste hall, ils se fondirent au milieu d'une foule d'hommes et de femmes inquiets qui cherchaient à comprendre ce qui se passait et que tentait de canaliser un service de sécurité débordé.

— La ferme de serveurs est au troisième sous-sol, expliqua Kira. Ascenseur numéro trois, après la banque d'accueil au fond.

— Je m'occupe de la CCTV[36] room. Et je te rejoins…

— Eh, Bolan, interjeta Kira.

35. La rébellion du Kachin est en guerre depuis 1961 contre la junte militaire.

36. *Closed-circuit television*, ou vidéosurveillance.

— Quoi ?

— Non, rien.

Bolan haussa les épaules et se dirigea vers la banque d'accueil derrière laquelle trois hôtesses jonglaient avec un standard qui explosait sous le nombre de communications. Elles étaient épaulées par deux vigiles qui en temps normal contrôlaient la salle vidéo où, sur une vingtaine d'écrans, se succédaient à intervalles réguliers les images des caméras de surveillance réparties sur le site.

Profitant de la confusion, Bolan se glissa dans la pièce, laissée ouverte dans la panique générale. A l'intérieur, il déconnecta la vidéosurveillance du troisième sous-sol et trafiqua le système de contrôle électronique permettant de détecter un départ de feu partout dans le bâtiment.

9 h 30.

Bolan déclencha toutes les alarmes incendies du Teleport Building, ajoutant l'hystérie au chaos. C'était le signal que Kira attendait pour entrer dans l'ascenseur et descendre jusqu'au niveau -3 qui abritait la ferme de serveurs qu'elle s'apprêtait à pirater. Le panneau de commande de l'ascenseur disposait d'un lecteur de carte magnétique. Elle fit glisser son badge dans la fente prévue à cet effet.

Le premier essai se révéla infructueux. La petite diode demeura rouge.

« Pas de panique, ma fille », songea Kira en réessayant.

Cette fois, le voyant passa au vert. Concentrée, elle appuya sur la touche du niveau qu'elle souhaitait atteindre. L'ascenseur glissa en silence, s'enfonçant dans les entrailles du bâtiment, puis au bout de quelques secondes s'immobilisa.

Les portes s'ouvrirent.

Deux silhouettes armées apparurent dans la lumière crue et synthétique distillée par des néons surpuissants.

Kira, badge pincé entre son pouce et son index, ne se laissa pas impressionner et avança. Curieusement, les deux soldats l'ignorèrent, se contentant de prendre sa place dans l'ascenseur. Peut-être avaient-ils reçu l'ordre de renforcer les effectifs en surface ? Peu importait, l'essentiel était qu'ils disparaissent.

Ce qui se produisit, lorsque les portes de l'ascenseur se refermèrent.

Kira soupira.

Vingt mètres de couloirs. Première porte à droite. Dix mètres. Checkpoint militaire. Deuxième porte à gauche. Traverser le labo, puis entrer dans le sas, récapitula-t-elle.

9 h 45.

Kira partait à l'assaut du serveur de l'opérateur internet Myanmar Post and Telecommunication, directement rattaché au ministère. Au pouvoir.

Kira croisa quelques informaticiens affolés, qui lui demandèrent seulement des nouvelles de la surface. Aucun ne semblait s'inquiéter de sa présence. Elle progressa donc rapidement. Plus rapidement que Bolan et elle ne l'avaient estimé. Et parvint avant 10 heures à la hauteur du dernier check-point qui pouvait faire échouer son intrusion.

Un couloir, long d'une quinzaine de mètres et gardé par quatre agents de sécurité et deux militaires. Kira ne s'y risqua pas et entra dans un petit débarras où était entreposé du matériel d'entretien. Elle se déshabilla, abandonnant sans regret sa robe noire, retira ses chaussures, puis attrapa un carré de tissu soigneusement plié et scotché dans son dos, et le déplia. Pour franchir cet ultime obstacle sur son chemin, elle avait besoin d'une alliée. Sa combinaison, tissée avec un méta-matériau aux propriétés électromagnétiques lui conférant une quasi invisibilité. Elle s'en habilla, sortit et entreprit de traverser le corridor gardé par les six sentinelles.

Elle progressa lentement, en prenant soin de ménager le plus de distance possible entre elle et les hommes qui surveillaient l'accès à la zone la plus sensible de l'immeuble. Sa vision était rendue possible par deux minuscules trous pratiqués dans la cagoule qui recouvrait sa tête.

Possible, mais extrêmement réduite.

Elle devait mesurer chacun de ses pas et se trouvait condamnée à une infinie prudence. Si elle était découverte, le verrouillage de la ferme de serveurs serait aussitôt ordonné et il n'y aurait plus aucun moyen d'y pénétrer.

Soudain, l'un des militaires dont elle n'avait pas anticipé le déplacement la frôla. Elle s'immobilisa, contractant chacun de ses muscles afin de ne laisser transpirer aucun mouvement et bloqua sa respiration. Le militaire ne vit rien et poursuivit son chemin de ronde. Lorsque Kira respira de nouveau, elle put sentir l'odeur de cigarette qui imprégnait l'uniforme de ce dernier.

Elle attendit que son rythme cardiaque retombe, puis reprit son lent et furtif cheminement. Cette fois, aucun événement impromptu ne l'empêcha d'atteindre son but.

Parvenue dans un laboratoire au-delà du point de contrôle, elle ôta la cagoule intégrée à sa combinaison et son visage laiteux réapparut dans la lumière crue.

Le sas qui sécurisait l'accès à la ferme de serveurs se trouvait là, devant elle.

Elle avança, fébrile.

Son badge fonctionna à merveille, et elle entra dans la salle blanche en affichant une mine satisfaite. L'endroit abritait une vingtaine d'armoires renfermant d'un côté le rack de serveurs, de l'autre, le système de climatisation dédié. Le silence y était empêché par un bourdonnement continu. L'air électrique et sec. Kira goûta ce dernier comme une part de *key lime pie*.

Comme un poisson dans l'eau, elle avança dans l'immense pièce en direction du serveur numéro neuf. Et s'immobilisa devant celui-ci.

Il était 10 h 10.

Elle ouvrit le zip doublé de sa combinaison et passa la main à l'intérieur, souleva l'élastique de sa culotte et récupéra la clé USB confiée par Yoko, dissimulée dans le seul endroit qu'elle imaginait désormais inviolable. Face au serveur, elle ne fit preuve d'aucune hésitation. Ces gestes étaient sûrs, méthodiques, rigoureux…

Les machines ne l'impressionnaient pas.

Elle aimait les machines.

Plus que les humains.

Car, les machines, comme Bolan, ne trahissaient pas.

Kira s'apprêtait à introduire la clé USB dans un port en façade du serveur quand un bruit métallique éveilla son attention. Elle s'interrompit, main suspendue dans l'air chargé d'électricité statique. Sur son bras, un léger duvet se hérissa.

C'était trop simple, se désola mentalement Kira.

Une légère perturbation dans l'air indiqua à Kira que quelqu'un venait de pénétrer dans la salle blanche. Une odeur aussi, ténue, mais familière. Elle ne l'identifia pas tout de suite. Son regard scruta l'allée encadrée par les serveurs au bout de laquelle elle se tenait. Une ombre frémit soudain entre deux racks. Kira serra les poings, se demandant ce qu'elle pouvait faire sans arme.

Bolan ? songea-t-elle.

Il était trop tôt, ce ne pouvait être déjà lui.

Qui, alors ?

La réponse se révéla aussi surprenante qu'inattendue. En face d'elle apparut soudain une silhouette massive, porteuse d'une sombre menace et d'un Glock 37 dont le canon était pointé dans sa direction. Kira sursauta de frayeur, elle venait de se rappeler à qui appartenait cette fragrance décelée quelques secondes plus tôt. Cette désagréable et âcre odeur de transpiration exhalée par un individu qu'elle imaginait ne plus appartenir à ce monde.

— Ravi de te revoir ! lança une voix rauque.

— Nilar ? Je croyais que…

— J'étais mort, compléta l'ancien boxeur au physique bovin. Pour être franc, moi aussi, je l'ai cru. Oh, pas longtemps, juste quelques minutes, quand l'explosion m'a propulsé violemment contre un conteneur et que je me suis évanoui.

— Et Thakin ?

— Cet abruti, lui, n'est bel et bien plus des nôtres. Une balle japonaise a traversé son cerveau, sourit Nilar. Cela n'a pas dû lui prendre beaucoup de temps, ricana-t-il.

— Je croyais que c'était votre patron.

— Thakin, mon patron ? C'était un abruti de psychopathe, incapable de raisonner autrement qu'avec sa bite et ses hormones de militaire. Le général ne s'y est jamais trompé, c'est à moi qu'il confiait en sous-main les tâches les plus importantes. Il va d'ailleurs me confier la place rendue vacante…

— Votre général pédophile va tomber face aux médias internationaux ! s'exclama Kira, hors d'elle. Nous avons fait en sorte que ses penchants soient divulgués au monde entier.

Nilar éclata de rire.

— Vous parlez des trois gamines ? Et des deux salopes de l'ONG belge ?

Kira serra les poings, pressentant la suite tragique.

— Oh ! visiblement, vous n'êtes pas au courant ? Un terrible incendie a ravagé leurs locaux. Il n'y a pas de survivants…

— Fumier ! fulmina Kira. Vous paierez pour ça, un jour ou l'autre…

— Vous savez ce qu'est le Phénix ? demanda Nilar en figeant son visage rond au centre duquel trônait un nez cassé.

— Un oiseau légendaire, répondit Kira en haussant les épaules.

— Le Phénix est doué de longévité et capable de renaître après s'être consumé sous l'effet de sa propre chaleur. Il renaît toujours de ses cendres, compléta Nilar. Pourquoi pensez-vous que le réseau a été baptisé ainsi ? Si le général tombe, d'autres sont déjà prêts à se relever… Le réseau Phénix est constitué à la manière d'Al-Qaida. Vous n'imaginez pas. Son aptitude à s'adapter et à se réorienter est sans limite !

Un frisson sordide tordit l'espace qui séparait Nilar de Kira.

— Qu'est-ce que vous faites ici ? demanda-t-elle en tentant de réprimer les tremblements qui l'agitaient.

— Je t'attendais. Je vous attendais. Vois-tu, je savais que vous viendriez ici. En fait, Yoko me l'avait dit… Evidemment, pas de son plein gré, il a fallu que je lui force un peu la main…

— C'est donc vous qui avez assassiné Yoko ?

— Je crois bien…

— Ordure !

— Tsss, siffla Nilar en s'avançant. Pourquoi tant de haine ? Je ne fais que mon métier. Comme vous.

— Vendre des enfants, vous osez appeler ça un métier ? s'indigna Kira.

— Le monde est de plus en plus simple, répondit Nilar. Le système capitaliste l'a emporté presque partout. Même ici, il ne va pas tarder à s'imposer. Je ne suis pas très malin, mais j'ai compris une chose. Tout est marchandise désormais. Pour être riche, il suffit de vendre ce que les gens réclament. Et les gens veulent du sexe, toujours plus de sexe. Ils ne se satisfont plus de leurs quotidiens, ils veulent vivre leurs fantasmes… Et ils sont prêts à payer des fortunes à celui qui peut leur fournir les objets de leur désir.

— Pourriture ! cracha Kira.

— C'est votre société occidentale qui gangrène tout. Vous avez imposé au monde votre modèle. Et vous nous reprochez désormais de l'appliquer, parce que vous refusez d'admettre que vous êtes à l'origine du mal.

— Puisque nous en sommes au stade des confidences. Un détail m'échappe : comment êtes-vous remontés jusqu'à Yoko ? demanda Kira en cherchant du regard un moyen de s'échapper.

Il fallait gagner du temps.

— Votre chauffeur de taxi, souffla Nilar comme un secret. Il travaille pour nous, enfin pour la junte, ce qui revient au même puisque ce sont nos principaux actionnaires. C'est lui qui nous a conduits jusqu'à Yoko et qui, par la même occasion, nous a permis de faire le recoupement avec vous.

— Vous saviez donc qui j'étais lorsque nous nous sommes rencontrés ?

— A votre sujet, rien n'est certain. Ce qui est sûr, c'est que vous n'êtes pas celle que vous prétendez… Vous ne vous appelez pas Anet Benning. Vous n'êtes pas avocate. Kira Constantinov ne semble même pas correspondre à quelque chose de tangible ! Pour être franc, votre identité exacte nous échappe. Personne ne semble en mesure de nous renseigner sur vous. Ni les Russes, ni les Nord-Coréens n'ont trouvé d'informations pertinentes vous concernant… Selon moi, vous êtes une chimère…

Le regard de Kira s'intensifia. Ses yeux bleus irradiaient d'une colère sourde.

— Pourquoi ne pas m'avoir abattue quand vous en aviez l'occasion ?

— Parce que nous voulions l'argent. Vous ne comprenez pas. Je ne vends pas des gamins parce que ça me fait bander. Je vends des gamins parce que rien n'est moins risqué et parce que rien ne rapporte autant.

Kira, écœurée, détourna la tête face à ce monstre de cynisme qui la braquait.

— A quelle heure votre équipier doit-il vous rejoindre ?

— Je ne vois pas de quoi vous parlez, mentit Kira.

— Allons, vous n'avez pas provoqué toute seule ce joli bordel. Et Yoko était catégorique, lorsqu'il beuglait que vous étiez accompagnée…

— Faites ce que vous avez à faire, moi je n'ai rien à vous dire, l'interrompit Kira.

— Ecoute, pour l'instant, il n'y a que moi dans la danse. J'ai agi en solo. Ne me force pas à impliquer les autres…

— Quels autres ? interrogea Kira, consciente qu'elle devait gagner encore quelques minutes.

Nilar se referma, conscient qu'emporté par son élan, il avait laissé filer quelque chose qui n'aurait jamais dû sortir de la chambre forte de son esprit. Il avança encore de quelques pas, entra dans le faisceau blanchâtre d'un néon. Son visage apparut alors clairement à Kira, qui ne put contenir une moue de dégoût.

— Je suis en vie, mais une partie de mon visage est mort, expliqua Nilar.

La moitié de son faciès était ravagée. Sa peau était comme liquéfiée et tombait en draperies grotesques, là où avant s'affichait une joue ronde et lisse.

— Je le dois à cette explosion bizarre dans la zone de stockage des conteneurs, poursuivit-il.

— Voilà qui révèle peut-être votre véritable nature, souffla Kira qui peinait à le regarder.

— Ce qui est curieux, c'est que les Japonais m'ont affirmé avant de crever qu'ils n'avaient posé aucune bombe. Le dernier gueulait même que c'était moi le responsable…

— Ils n'allaient sans doute pas dire le contraire, rétorqua Kira en se fichant clairement de son interlocuteur.

— Quand on torture un homme, il dit souvent la vérité, répliqua Nilar en affichant un odieux rictus. Sauf que je n'ai posé aucun engin explosif. Et que lui, je lui ai coupé les couilles…

— Voilà bien une chose qui ne m'effraie pas ! lança Kira comme un ultime défi.

— Oh ! je sais y faire avec les femmes aussi. Les nichons, c'est tendre comme du beurre.

Nilar sortit un couteau d'un étui qu'il portait à la ceinture. La lame courte et affûtée scintilla. Kira recula, s'adossa contre la cloison qui fermait l'allée entre les serveurs. Elle était aculée, mais prête à se battre et à mettre en pratique les cours de krav maga, cette méthode d'autodéfense israélienne dont elle avait appris l'essentiel.

L'ancien boxeur, Glock dans une main, arme blanche dans l'autre, avançait désormais vers elle, l'air menaçant et tordu par la haine.

Kira jeta un bref coup d'œil à la montre numérique que lui avait donnée Bolan avant de se lancer dans cette opération.

10 h 30, indiquait le cadran qui égrenait des chiffres en cristaux liquides.

Son corps, tendu à l'extrême, se relâcha malgré la menace imminente jetée par Nilar.

Il était 10 h 30.

Dans le poudroiement de la lumière artificielle, une silhouette venait de se découper derrière l'ancien boxeur.

Elle ne risquait plus rien.

***

Le poing de Bolan, massue de chair et d'os, s'écrasa sans prévenir sur la tête de Nilar. Choc violent et sourd. L'ancien champion de boxe birmane absorba l'impact comme s'il était fait de caoutchouc et se retourna.

Il avisa son ennemi.

Laissa tomber pistolet et couteau. Et sans réfléchir plus, expédia un puissant coup de coude dans le ventre de son adversaire. Une arme naturelle qui n'avait pas besoin de beaucoup d'amplitude pour infliger de sévères traumatismes.

Bolan recula sous le feu de la contre-attaque.

Nilar éclata de rire et se mit à sautiller, comme s'il ne pesait pas cent cinquante kilos. Bolan l'observa, cherchant la faille dans ce rempart de muscles aux allures taurines. Il ne trouva pas et dut se préparer à un deuxième assaut.

— Occupe-toi du serveur ! lança-t-il à Kira qui était comme paralysée.

— Et toi ?

— Je gère, répondit Bolan.

— Que dalle, mon gars, corrigea Nilar qui se tenait à moins d'un mètre de lui.

L'ancien boxeur se souleva soudain et infligea un coup porté par les deux genoux simultanément sous le menton de Bolan. La mâchoire percutée éjecta une dent qui tomba sur le sol. L'Exécuteur chancela, mais parvint à garder sa stabilité au prix d'un immense effort. Un goût de métal envahit sa bouche. Du sang coulait à la commissure de ses lèvres.

— Flying double knee ! éructa Nilar en retombant. Tu gères toujours ?

— C'est tout ce que tu peux envoyer ? répondit Bolan en passant sa langue sur ses gencives ensanglantées.

— T'es un marrant, toi.

— Ça se voit que tu ne me connais pas, tête de troll.

— Allez viens, souffla Nilar en adressant un petit geste de la main à son adversaire.

— Tu pratiques le bama lethwei, hein ? interrogea Bolan.

— J'ai été cinq fois champion national, se vanta Nilar en ôtant sa chemisette.

Une tête d'éléphant tatouée sur son torse fixait désormais Bolan.

— Alors tu connais ça ! s'écria Bolan en s'élançant.

Le pied de l'Exécuteur s'éleva, puis percuta la grosse tête de Nilar, le bousculant méchamment. Sonné par ce coup de pied qui portait le nom de balayage rotatif du tigre, l'ancien boxeur tentait de se maintenir debout. Sa vision était légèrement brouillée. Ses paupières commençaient à gonfler. Bolan profita de l'avantage acquis pour lui envoyer un parfait crochet du droit.

— Joli lat-di[37], souffla Nilar en reculant.

— Je connais vos arts martiaux. Un ami m'a initié à l'art du thaing, expliqua Bolan. Il m'a enseigné l'école du chemin opposé…

— Où prédominent les techniques circulaires et des formes animales comme le singe, le scorpion, la panthère, le buffle et le cobra, compléta Nilar qui cherchait à gagner du temps afin de récupérer.

Bolan ne lui en laissa pas le temps et enchaîna avec un coup de pied crocheté de type scorpion, projetant

37. Coup de poing en birman.

Nilar contre une armoire. Des gerbes électriques jaillirent du serveur sous l'impact. Et l'ancien boxeur s'effondra le long du rack.

— Kira ? cria Bolan.

— Je télécharge le virus et j'ai fini, répondit celle-ci tout en s'affairant sur le serveur numéro neuf.

Bolan ramassa le couteau de Nilar et s'approcha de son adversaire. Le colosse s'était littéralement effondré, à la manière d'un immeuble dynamité. Il ne parvenait plus qu'avec peine à maintenir les yeux ouverts.

— Je t'emmerde, murmurèrent ses lèvres tuméfiées.

— Je n'en doute pas, rétorqua Bolan en posant le tranchant sur sa gorge.

— Tue-moi. Je renaîtrai de mes cendres…

— Je vais te tuer, mais avant tu vas me rendre un service. Confirme la livraison des dix enfants en Arabie Saoudite.

— Jamais.

— Si tu le fais, je t'accorderai une mort décente et je brûlerai ton corps.

Nilar réfléchit quelques secondes.

— Après tout, soupira-t-il dans un gargouillis sanglant.

Sa main tâtonna le long de sa jambe, s'enfonça dans une poche de pantalon et en extirpa un téléphone portable. Il appela un numéro dans son répertoire et envoya un SMS.

— C'est fait, dit-il à Bolan en fermant ses paupières gonflées.

Bolan n'éprouvait ni haine, ni compassion à son égard.

Il était l'Exécuteur.

Un artisan de la Mort.

Et mieux valait ne jamais se trouver sur son chemin.

La lame trancha la carotide de Nilar dans une bourrasque sanguine.

Il était 10 h 50.

L'opération entrait dans sa dernière phase.

Bolan et Kira tirèrent le cadavre de Nilar dans le laboratoire adjacent à la ferme de serveurs. Et l'abandonnèrent près d'un jerrycan.

— J'ai trouvé ça là-haut, expliqua Bolan.

— Comment tu as fait pour passer le dernier checkpoint ? demanda Kira.

— Ils n'étaient que six…, se contenta de répondre Bolan en arrosant d'essence le corps de l'ancien boxeur. Tu es sûre que la salle des serveurs ne craint rien ?

— Tout est ignifugé. Ça fait partie des protocoles de sécurité, expliqua Kira. Ce qui m'inquiète, c'est que les militaires vont renifler l'incendie criminel…

— Si on ajoute ça à l'essence, tout partira en fumée, précisa Bolan en ouvrant la vanne d'un tuyau qui alimentait en gaz réfrigérant le circuit de refroidissement de la ferme de serveurs.

— C'est inflammable, ça ? s'inquiéta Kira.

— Vu l'étiquette, ça marcherait pour un barbecue, répondit Bolan en s'éloignant de la canalisation d'où s'échappait le comburant.

Dans l'encadrement de la porte, il alluma un briquet. Kira, à ses côtés, regarda la flamme s'élever.

— Tu veux le faire ? demanda Bolan.

— Tu es certain que tout va disparaître dans cet

incendie ? Nilar semblait persuadé que Phénix pouvait renaître de ses cendres.

— Tout ne disparaîtra pas en fumée, ici. Plus qu'un phénix, ce réseau est une hydre, Kira. Un monstre à plusieurs têtes, qui repoussent inlassablement…

— Donne, fit Kira en s'emparant du briquet.

Elle sentit la chaleur de la flamme sur ses doigts. La brûlure dans son âme, où quelque chose était en train de se consumer. Une part de son passé allait s'embraser dans quelques secondes. Se sentirait-elle plus propre ? Cela reconstruirait-il son innocence saccagée ? Kira n'en savait rien. Elle sentait juste qu'il ne pouvait en être autrement.

Et elle lança le briquet, qui retomba dans une flaque d'essence.

Avant de refermer la lourde porte du laboratoire et d'entamer une rapide remontée des enfers.

Il était 11 h 30. Kira, qui avait récupéré sa robe et ses chaussures dans le débarras où elle avait enfilé sa combinaison, sortit la première de la navette. L'un des nombreux bus mis en service par les militaires pour évacuer les employés sur le parking. Elle savait que Bolan était derrière elle, mais elle ne se retourna pas. Il régnait une atmosphère irréelle, mélange de fin du monde et d'approximation. Les soldats semblaient dépassés par les événements qui venaient de secouer la cyberville. Kira patienta un moment au milieu d'un groupe de techniciens russes. Les dernières rumeurs parlaient d'une série d'accidents et plus d'actes de terrorisme.

Bolan, de loin, lui adressa un petit signe discret, l'invitant à le suivre discrètement. Tous les deux louvoyèrent entre les différents barrages et finalement parvinrent à rejoindre le van. Bolan s'installa au volant. Kira passa à l'arrière, afin de dépouiller les informations volées au serveur et contenues dans une clé USB.

Le van quitta Yadanabon à 11 h 59.

L'opération s'achevait avec une minute d'avance.

CHAPITRE XII

Le van Bedford, emportant Bolan et Kiran, roulait en direction de Myawaddy. Située près de la frontière, cette agglomération était reliée par un pont enjambant le fleuve Mœi à la ville thaïlandaise de Mae Sot. Ils avaient rendez-vous dans moins de cinq heures avec Stuart « Apache » Kely. Un ami de Bolan, qui devait les exfiltrer de Birmanie par voie aérienne. Tout autre moyen s'avérant impossible, compte tenu du chaos qu'ils venaient de semer en république du Myanmar.

— Il est fiable, ton pote ? demanda Kira qui, rivée à son ordinateur portable, décryptait les données piratées à l'arrière du véhicule.

— Apache est comme un frère. Ça remonte à loin, répondit Bolan qui, vu l'état des routes, se concentrait sur sa conduite.

— Apache ?

— L'AH-64 Apache est un hélicoptère d'attaque. Et Stuart est certainement le meilleur pilote au monde de ces engins, expliqua Bolan. D'où son surnom !

— Putain, on se croirait dans Top Gun, se moqua Kira.

Mais Bolan ne plaisantait pas.

— Le 17 janvier 1991, huit AH-64A guidés par quatre Sikorsky MH-53 Pave Low III effectuèrent la première mission de combat de l'opération Tempête du désert en détruisant plusieurs stations radar irakiennes, permettant aux premières vagues d'avions de combat alliés de rentrer dans l'espace aérien ennemi sans être détectées. Stuart était à la tête du raid. Sur les cinq cents chars détruits par des Apache durant la première guerre du Golfe, cent trois l'ont été par Stuart…

— O.K., c'est bon. C'est un champion. Je suis convaincue, interrompit Kira, amusée par cette soudaine poussée de virilité.

Elle avait remarqué que Bolan prenait souvent des accents machos, lorsqu'il évoquait son passé militaire.

— Un champion ? Plutôt un frère qui m'a sauvé la vie.

— Explique.

— Pas le temps. Un autre jour peut-être…

— Et il fait quoi aujourd'hui, ton Stuart ?

— Il a été viré.

— Pour quelle raison ?

— Parce qu'un soir, il est parti faire le mariole avec une jeune femme dans un de ces aéronefs à seize millions de dollars. Sans autorisation…

— Ce type, qui d'après le portrait que tu m'en dresses a plutôt le profil d'un héros, a été bazardé parce qu'il a emmené sa copine faire un tour d'hélico ? s'étonna Kira.

— En fait, il était ivre. Il s'est crashé et la fille est morte, répondit Bolan.

— Dur, fit Kira, plombée par l'explication finale.

— L'armée n'en avait rien à foutre de la fille, mais le matériel… Stuart a mis du temps à remonter la pente. Il a travaillé un moment pour une société militaire privée européenne, puis est devenu mercenaire pour un dictateur africain. Ça fait cinq ans qu'il s'est reconstruit une vie « normale » à Bangkok où il tient un restaurant avec sa femme.

— Il passe nous prendre avec son hélicoptère privé ?

— Stuart a conservé de nombreux liens avec ses précédents employeurs. J'imagine que ceux-ci lui sont suffisamment reconnaissants pour prêter un zingue de temps à autre…

Soudain, le van sursauta, propulsant Kira contre la vitre.

— Eh, fais gaffe ! hurla-t-elle.

— Nid-de-poule, rétorqua Bolan. Je ne peux pas conduire et discuter en même temps.

— Normal, tu es un mec, plaisanta Kira. Tu es donc mono tache !

Tous deux partirent d'un rire franc. En représailles, Bolan lança sur Kira un holster qui traînait sur le siège passager. Elle répondit en l'aspergeant avec le fond d'une petite bouteille d'eau en plastique. Surpris, Bolan fit une embardée sans conséquence et rétablit sa trajectoire en pestant. En cet instant, ils ressemblaient réellement à une famille. Pour un instant, ils oublièrent toutes les horreurs qu'ils venaient de vivre, pour ne se concentrer que sur le présent.

Bolan et Kira arrivèrent dans la région de Myawaddy avec une heure d'avance. Sous un soleil de plomb. Bolan décida d'arrêter le van sur les rives du fleuve Mœi, pour y trouver un peu de fraîcheur. Là, il déplia l'antenne du téléphone satellite, entra en contact avec

Stuart et se fit confirmer les coordonnées géographiques du point d'extraction ainsi que l'heure du rendez-vous. Puis il passa à l'arrière du véhicule et s'assit à la table en face de Kira.

— Dans trois quarts d'heure, on fiche le camp, expliqua-t-il, l'air satisfait.

— J'ai décrypté tous les mails et trié ceux en rapport avec Phénix. Dis un chiffre ?

— J'ai pas envie de jouer, Kira.

— Rabat-joie. Cinq cent soixante-dix-sept !

— Effectivement, ça fait du monde. Honnêtement, je ne pensais pas qu'il puisse exister autant de tarés prêts à payer pour avoir des relations sexuelles avec des enfants !

— Tous des clients de Phénix, poursuivit Kira.

— Tu as leur adresse IP, bien sûr ?

— Tu me prends pour qui ? s'indigna Kira.

— Peut-être pour ma fille, souffla Bolan avec sincérité.

Elle le fixa droit dans les yeux, le regard humide. Le teint laiteux de ses joues s'empourpra et elle baissa la tête, gênée.

— Tu penses vraiment ce que tu viens de dire ?

Sa main glissa sur la table en formica, cherchant celle de Bolan, fuyante.

— Je pense que l'idée d'être père fait son chemin. Et que ce n'est pas désagréable. Je pense que moyennant quelques arrangements et quelques compromis, je pourrais intégrer ta vie et toi la mienne. Voilà ce que je pense.

Kira se mordit la lèvre en souriant et redressa la tête. Elle mourait d'envie de lui sauter au cou. Mais il était trop tôt. Il fallait à Bolan encore un peu de temps.

— Tout ce que tu voudras, souffla-t-elle.

— En dehors des adresses IP, qu'est-ce que tu as ? demanda Bolan, peu soucieux de s'épancher.

— Une copie de tous les courriels. Demande des clients. Réponses de Phénix. Une masse incroyable de preuves… J'ai réussi à découvrir l'identité de la plupart des propriétaires des adresses IP. Putain, il y a de tout. Des noms de stars du cinéma, des politiciens, des hommes d'affaires…

— La presse se chargera de tout divulguer quand tu auras fini, expliqua Bolan. J'ai quelques contacts au Washington Post et à CNN. Une fois la traînée de poudre médiatique enflammée, rien ne pourra l'arrêter.

— Tu es sûr ? interrogea Kira qui semblait en douter. Regarde ce qui s'est passé, ici. On croyait qu'alerter l'opinion suffirait…

— Ici, c'est le Myanmar, asséna Bolan. Aux Etats-Unis, le quatrième pouvoir ne se laisse pas si facilement corrompre, crois-moi, l'interrompit Bolan, confiant.

— O.K. Mais il y a quand même un problème. Je ne retrouve aucune trace des échanges entre Collin Murray et Phénix. Pire, le journal de l'administrateur du serveur indique que les courriels concernant son adresse IP ont été irrémédiablement effacés.

— Tu veux dire que nous n'avons rien qui permette de coincer l'un de tes bourreaux ?

Kira hocha la tête. Nerveuse, elle tripota fébrilement son piercing.

— Je m'en occuperai personnellement, murmura Bolan en se réinstallant devant le volant du van.

Kira le remercia, mais ses paroles se perdirent dans le vrombissement du moteur. Peu importait, elle savait désormais qu'entre Bolan et elle, les mots n'étaient plus nécessaires. Qu'ils étaient même sans doute superflus…

Bolan abandonna le van à la lisière d'une petite clairière qui ouvrait un ovale presque parfait au milieu de la jungle. Alors que le bruit régulier des pâles d'un hélicoptère commençait à claquer dans l'air chaud, l'Exécuteur enflamma le chiffon qu'il venait d'enfoncer dans le réservoir du Bedford. Et chargé d'un sac contenant le strict minimum de l'armement, il s'éloigna d'un pas rapide pour rejoindre Kira qui l'attendait au milieu du périmètre déboisé.

— C'était nécessaire ? interrogea-t-elle alors que le véhicule explosait.

— Ne jamais laisser de traces derrière soi, se contenta de répondre Bolan en consultant le cadran de sa montre. Stuart est pile à l'heure.

— J'aurais bien gardé l'ordinateur portable…

— Tout ce que tu emportes avec toi devient un fardeau, l'interrompit Bolan.

— Sympa pour moi, rétorqua Kira, incisive.

— Ne fais pas l'idiote, je parle du matériel.

Soudain, une immense ombre enveloppa Kira et Bolan. Les herbes à leurs pieds se couchèrent comme sous le souffle monstrueux de deux énormes ventilateurs. Un imposant hélicoptère était en train d'atterrir. Ses deux rotors en tandem rabattaient vers le sol une forte odeur de kérosène.

L'aéronef se posa sous le regard impressionné de Kira qui se boucha les oreilles avec les mains. Alors que les pâles tournoyaient encore, une porte latérale coulissa.

Un homme barbu apparut. Il portait un bandeau sur l'œil gauche et il était coiffé d'un chapeau de cow-boy. Kira trouva qu'il avait l'allure et la stature de John Wayne dans True Grit. Mais n'en dit rien, de peur de commettre un impair.

— Montez, vite ! hurla Stuart dans le vacarme assourdissant.

Kira grimpa la première, suivie de Bolan.

— Un CH-47A Chinook, tu n'as pas trouvé plus petit ? interrogea ce dernier en souriant.

— Tu ne m'as pas laissé beaucoup de temps, grogna Stuart en refermant la porte.

— Cet engin ne va pas passer inaperçu.

— La frontière est à une minute de vol, précisa Stuart. Le temps que les Birmans comprennent qu'un aéronef a pénétré leur espace aérien, nous serons déjà en Thaïlande.

— N'empêche, tu aurais pu prendre la taille en dessous, insista Bolan en tapant sur l'épaule de Stuart.

— Tu sais bien que j'ai la folie des grandeurs, répondit son ami en retournant dans le cockpit.

L'énorme hélicoptère de transport éleva sa lourde masse au-dessus de la jungle. A l'intérieur du cockpit, Bolan s'était installé à côté du pilote.

— Merci d'avoir accepté de faire le taxi ! cria-t-il via le système de communication intégré tout en se sanglant.

— Tu ne connais pas encore le prix de la course, plaisanta Stuart.

— Je te suis redevable deux fois, désormais.

— On tiendra les comptes plus tard.

— Merci, répéta Bolan.

— Pour toi, n'importe quoi, confirma Stuart. Semper fidelis[38]...

Le terminal des départs de l'aéroport international de Suvarnabhumi grouillait de monde. Kira, vêtue d'un T-shirt siglé Nirvana et d'un jean acheté dans la zone duty free, était assise sous la voûte d'un hall futuriste. Elle regardait cette vie qui bruissait autour d'elle. Cette vie plus forte que la mort.

Des couples enlacés, de nombreux parents avec leurs enfants, un petit garçon colérique, une petite fille sur les épaules de son père... Des centaines de passagers défilaient devant elle, lui rappelant qu'elle n'était pas le centre de l'univers. Seulement un point dans l'espace infini de l'humanité.

Dans à peine une heure, elle allait quitter la Thaïlande, oublier le Myanmar, déserter l'Asie du Sud-Est. Dans à peine une heure, l'avion décollerait et l'emmènerait ailleurs. Dans un monde nouveau. Où les monstres et les cauchemars disparaîtraient peut-être. Où le passé cesserait de constamment la rattraper pour laisser filer l'avenir.

— Tiens, je t'ai pris un café, murmura soudain Bolan en tendant un gobelet. Frappuccino, c'est bien ce que tu m'as demandé ?

— Oui, merci.

— Tu as l'air soucieuse ?

— Pas vraiment, répondit Kira avant de boire une longue gorgée de son café glacé.

38. Toujours fidèle. Cette devise est connue pour être celle du corps des Marines des Etats-Unis.

— Donc tu l'es, rétorqua Bolan en s'asseyant.

— Peut-être que nous commettons une erreur…

— Comment ça ?

— Tu as ta vie. J'ai la mienne, scanda Kira. Elles se sont croisées. Maintenant, rien ne nous oblige à les entortiller.

— Je ne me sens obligé en rien.

— J'ai déboulé sans crier gare, comme un éléphant dans un magasin de porcelaine… Tu avais décidé de te ranger… Je veux te laisser libre de tes choix.

— Stop, fit Bolan. Personne ne me dicte ce que j'ai à faire. Oui, tu as débarqué dans mon existence, à un moment où je pensais qu'il était sage de tirer un trait sur mon passé. Mais, voilà, tu m'as rappelé qu'on ne vit pas en oubliant son passé.

Les yeux bleus de Kira accrochèrent ceux de Bolan.

— Tu veux dire que tu vas reprendre les « affaires » ?

— C'est la meilleure façon de ne pas oublier qui je suis réellement, soupira Bolan en passant fugacement la main dans les cheveux de Kira.

Elle le regarda en souriant. Il se leva, occultant de ses larges épaules le soleil qui filtrait à travers de grandes baies vitrées.

— Allez, viens, dit-il en tendant la main à Kira.

— On fait escale à Riyad ? demanda cette dernière en regardant l'écran d'information au-dessus de la porte d'embarquement.

— On doit récupérer quelques colis là-bas, répondit Bolan en clignant de l'œil.

*
* *

La zone de fret de l'aéroport était baignée de soleil. Ses rayons cuisaient l'asphalte ainsi que les conteneurs entreposés là. La chaleur était insupportable. Kira dégoulinait de sueur. Et frissonnait d'angoisse. Pourtant, elle avait tenu à être là. Bolan lui avait proposé de s'en occuper seul. Elle avait refusé.

Lorsqu'il s'immobilisa devant un conteneur qui venait à peine d'être livré, elle sentit ses muscles se crisper.

— Nom de Dieu, souffla-t-elle.

Bolan ajusta ses lunettes de soleil et haussa les épaules.

— La Bible nous parle d'Isaie, de Job et d'autres, mais elle ne nous dit pas combien de prophètes sont revenus du désert la cervelle complètement frite à la suite de leurs visions, répondit-il. Ce n'est pas de moi, mais de Stephen King.

— C'était juste une expression, souffla Kira qui entendait bien défendre son athéisme, mâtiné de paganisme.

A l'aide d'une pince, Bolan sectionna le cadenas qui fermait le conteneur. Il ouvrit la porte, laissant pénétrer le soleil au plus profond de parallélépipède métallique. L'ombre contenue à l'intérieur de la boîte s'échappa. Bolan s'apprêtait à rentrer, quand Kira posa une main sur son épaule.

— Laisse, j'y vais, murmura-t-elle.

— Tu es sûre ?

— Non, mais doit-on attendre d'être sûr de soi pour faire ce que l'on doit ? rétorqua-t-elle en s'engouffrant dans l'antichambre de l'enfer.

CHAPITRE XIII

L'UCAV, Unmanned Combat Aerial Vehicle, survolait la forêt dans la région de Vancouver. Frôlant les cimes des majestueux pins Douglas, le drone de combat filait dans l'air pluvieux à sa vitesse de croisière, soit environ quatre cents kilomètres par heure. Oiseau de métal fulgurant.

Ombre létale.

L'aéronef télécommandé fonçait vers son objectif, une villa accrochée aux contreforts de la montagne Grouse. Sur la terrasse montée sur pilotis, un homme en peignoir scrutait l'horizon. Il venait de se réveiller et contemplait le paysage matinal en fumant un cigare. Lorsqu'il aperçut la silhouette lointaine du drone General Atomics MQ-9 Reaper, il pensa à un petit avion de tourisme qui emmenait les touristes au-dessus des glaciers et des lacs. Et lui tourna le dos pour rentrer dans sa chambre, par la baie vitrée coulissante entrouverte.

Collin McMurray, gourou mondial de l'informatique, ne vit donc pas la Faucheuse fondre sur lui. En revanche, grâce à la caméra embarquée qui retransmettait les images du vol en temps réel sur un écran de contrôle, Bolan, qui pilotait le drone, observa Murray. Quelques secondes seulement. Juste histoire d'incarner cette menace qu'il allait exécuter.

Puis il fit feu.

Un missile air-sol Hellfire contenant une charge thermobarique se désolidarisa du drone et fusa vers la villa.

Bolan observa la scène par écran interposé.

La villa, par effet de zoom, grossit à l'écran.

Le missile arrivait sur sa cible à très grande vitesse.

Une première explosion ouvrit un réservoir contenant un carburant et le dispersa dans un nuage qui se mêla à l'air ambiant. Une seconde charge explosa, créant par la combustion de l'air une importante dépression. La villa et ses alentours s'enflammèrent instantanément.

Purification par le feu.

Encore.

Satisfait, Bolan laissa le drone s'écraser à son tour sur la villa en feu. Cette explosion supplémentaire bouscula les nuages boursouflés noirs et orange qui gonflaient dans le ciel.

La caméra embarquée du drone cessa de transmettre.

Des parasites envahirent l'écran de contrôle. L'Exécuteur regarda cette neige pixellisée, jusqu'à ce qu'elle épuise son dernier flocon numérique. Puis, devant un moniteur devenu noir, il se leva.

Il songea aux pilotes de la base Air Force de Creech. La plupart des missions confiées aux drones américains étaient opérées depuis cet avant-poste minuscule situé en plein désert du Nevada, à des milliers de kilomètres de l'Irak ou du Pakistan. Les gars de Creech n'avaient rien dû comprendre, quand Bolan leur avait subtilisé en plein vol un de leurs jouets ultrasophistiqués. Pour ce faire, Kira lui avait donné un coup de main, en piratant un rack de serveurs appelé Ground Control Station[39], et en conférant à Bolan la possibilité de prendre les commandes de l'aéronef à distance.

Murray était un personnage à la renommée internationale. Il ne pouvait être éliminé traditionnellement. Sa mort devait sembler accidentelle. Un drone échappe au contrôle des militaires, devient fou et s'écrase sur la villa d'un riche industriel de l'informatique, accessoirement pédophile.

Point final.

L'Exécuteur qui avait opéré depuis le complexe situé sous son chalet en Alaska s'apprêtait à quitter les lieux pour retrouver Kira, quand un courriel urgent tomba dans la messagerie d'un des ordinateurs installés dans la pièce. Il le lut rapidement, l'effaça sans afficher d'émotions particulières et se dirigea vers l'escalier.

L'automne commençait à rouiller la nature sauvage du parc national de Denali. Bientôt, l'hiver le dépouillerait de ses quelques couleurs, imposerait le blanc neigeux, la pureté immaculée…

Kira abandonna la fenêtre, et les nuances de la forêt. Elle avait longuement observé Maya, la femelle grizzly, venue dévorer son lot de bananes. Elle avait admiré cette bête puissante, aussi forte que placide, aussi sereine que menaçante. Elle l'avait enviée, aussi. Parviendrait-elle un jour à ce mélange idéal ? Réussirait-elle à fondre cet alliage qui la rendrait indestructible ?

39. Station de contrôle au sol.

Ces questions restèrent en suspens, flottants dans son esprit chaotique.

Elle s'écarta de la fenêtre et rejoignit le bureau où était posé un ordinateur portable.

Une jauge de progression venait d'achever de se remplir au milieu de l'écran.

Son travail de décryptage était terminé.

Elle se demanda où en était Bolan.

Kira avait emménagé depuis deux semaines dans le refuge de ce dernier. Elle occupait sa chambre et lui, en attendant d'aménager une remise, dormait sur le canapé du salon. Elle avait brûlé ces quinze jours dans une frénésie de travail, décryptant les derniers mails des clients de Phénix récupérés sur le serveur, donnant à Bolan les moyens de régler son compte à Murray… A aucun moment, elle n'avait pensé à s'installer dans une vie de famille « normale ». Non, elle était encore dans une logique de vengeance et se demandait d'ailleurs si elle parviendrait à s'en échapper un jour.

Soudain, un flash d'informations apparut en flux RSS sur le haut de son écran d'ordinateur et attira son attention. Elle s'approcha et lut.

« Le virus Flame, nouvelle arme dans la cyber-guerre ? »

Kira cliqua sur le lien hypertexte.

Une nouvelle page apparut.

« La firme d'antivirus Kaspersky Flame décrit le virus Flame comme une des menaces les plus complexes jamais découvertes. C'est énorme et incroyablement sophistiqué. Cela redéfinit quasiment la notion de cyberguerre et de cyberespionnage. Flame recherche e-mails, documents, messages, discussions à l'intérieur de n'importe quel disque dur. Il serait apparu en Asie du Sud-Est et se serait rapidement propagé en Iran et en Syrie. »

Kira esquissa un sourire et relut l'article. Une sensation agréable s'empara d'elle. Elle aimait se sentir responsable. Même d'une contagion…

— Voilà, c'est fait, annonça brusquement Bolan en apparaissant dans le salon.

Kira, penchée sur l'écran de son ordinateur, souleva la tête. Quittant des yeux cette preuve médiatique que son action en Birmanie n'avait pas été vaine.

— J'ai enregistré les images, comme tu me l'as demandé.

— Merci, fit Kira.

— Les monstres sont morts. N'en doute pas…

— Je ne crois que ce que je vois, l'interrompit Kira.

— Tu n'as pas confiance en moi ?

— Ça n'a rien à voir avec toi. Arrête de penser que tu es le centre du monde. Je ne veux simplement pas qu'on me raconte la mort des pourritures qui ont volé mon enfance. Je veux la voir.

— Je comprends, souffla Bolan en s'asseyant. Je comprends et en même temps je ne comprends pas.

— Qu'est-ce que tu veux dire ? interrogea Kira en écarquillant ses grands yeux bleus et en passant une main dans ses cheveux qu'elle avait teints en blond sur un récent coup de tête.

Bolan se racla la gorge et passa une main derrière sa nuque.

— Tu n'es pas ma fille, répondit-il sans animosité, l'air désolé.

— Qu'est-ce que…

— Avant de partir pour le Myanmar, j'ai récupéré un de tes cheveux et j'ai demandé une analyse ADN au laboratoire des Blacks Warriors. Les résultats sont tombés aujourd'hui, juste après la mort de Murray… Tu n'es pas ma fille. Et si tu n'es pas ma fille, qui es-tu ?

Le visage farineux de Kira s'éteignit. Elle ne semblait pas affectée outre mesure par la nouvelle. Elle semblait s'y attendre. Bolan la fixa, avec un mélange d'incompréhension et de méfiance.

— Je ne suis pas ta fille, c'est vrai. Je suis Kira.

— Kira ?

— Juste Kira. Je n'ai pas de nom.

— Comment ça, pas de nom ? s'étonna Bolan.

— C'est ainsi.

— Comment connaissais-tu Milena et ses informations sur moi, si personnelles… Je ne comprends pas…

— J'ai bien été enlevée à l'âge de neuf ans par le réseau Phénix. J'ai bien été emprisonnée dans un ancien monastère en Albanie. Là, j'ai eu un compagnon de cellule pendant deux semaines. Un petit garçon. Il n'arrêtait pas de dire à nos tortionnaires que son père allait venir le sauver et qu'il les tuerait tous, jusqu'au dernier.

Le visage de Bolan blêmit. Ses mains se crispèrent et devinrent moites.

— Ce petit garçon m'a confié un soir que son père s'appelait Bolan, Mack Bolan. Et il m'a raconté ton histoire avec sa mère. Le reste, je l'ai trouvé grâce à mes compétences.

— Dois-je te croire, encore cette fois ? demanda Bolan, ému.

— C'est la vérité. Je te le jure…

— Et ce garçon, qu'est-il devenu ?

Kira hésita à répondre. Kira ne voulait pas répondre.

— Qu'est-il devenu ? insista Bolan en haussant le ton.

— Un matin, ils l'ont emmené. Je ne l'ai plus jamais revu.

— Il est mort ?

— Je n'en sais rien… Excuse-moi…

— Comment s'appelait-il ?

— Goran.

— Je ne sais pas quoi penser, Kira.

— Si tu veux, je peux m'en aller, proposa cette dernière.

— Si tu m'as tout dit, tu peux rester. Sinon, pars…

— Je t'ai tout dit, confirma Kira.

— Tu en es certaine ? interrogea Bolan qui semblait posséder une ultime cartouche.

— …

— Réponds quand même à une dernière question.

— Laquelle ?

— Qu'est-ce qu'Arkangel ?

Kira se raidit brusquement.

— Comment…

— Comment j'ai découvert que tu appartenais à une société militaire privée russe ? Ton ADN n'a pas trahi que ta filiation. Tu as sous-estimé les ressources des Blacks Warriors. Nous aussi, nous avons nos petits génies en informatique.

— Arkangel n'est pas ce que tu crois, avança Kira.

— Selon les analystes de la CIA, tu es une terroriste tchétchène du nom de Karina Tchekova ! Alors explique-moi.

— Arkangel est une idée…

— Bonne ou mauvaise ? interrompit Bolan avec dureté.

— Lorsque j'ai réussi à m'échapper des griffes de Phénix, j'ai été recueillie par un homme qui dirigeait une organisation luttant contre les nouvelles formes de criminalité, notamment cybernétiques. Il m'a formée. Et j'ai intégré son organisation…

— Arkangel, conclut Bolan en frappant dans ses mains. Le sens de tes tatouages s'éclaire d'un coup !

— Tu les as vus ? s'étonna Kira.

— Lors de ta petite sauterie nocturne à Yangon, confirma Bolan. L'archange terrassant le dragon. L'archange, sur ton ventre, sur la matrice… Le monstre dans ton dos, comme toujours l'ennemi…

— Les symboles sont importants, souffla Kira. Ce sont des armes puissantes, peut-être plus puissantes que toute ton artillerie réunie.

— Une balle contre une image. Le duel est intéressant.

— Et je sais déjà qui l'emportera, répliqua Kira.

— Trêve de métaphysique ! Pourquoi m'as-tu menti ?

— Si je suis venue jusqu'à toi, c'était pour te convaincre d'allier nos forces.

— Arkangel aurait des problèmes ?

— Oui. Et je n'ai jamais oublié ce que ce petit garçon m'avait raconté sur toi. Il te décrivait comme un héros surhumain, comme le père que je n'ai jamais eu. Je me suis dit qu'en me présentant comme ta fille, tu serais plus prompt à accepter le marché que veut te proposer Arkangel.

— Un marché ? Pour passer un marché, il faut avoir confiance en celui ou celle qui te le propose, Karina Tchekova…

— Ce n'est que l'un de mes noms d'emprunt. Comme toi, j'avance masquée lorsque je suis en mission.

— Qui es-tu, bon Dieu ?

— Kira, je te l'ai dit. C'est mon véritable prénom. C'est comme ça qu'on m'appelait dans l'orphelinat roumain où j'ai passé mon enfance avant d'être enlevée…

— Tu ne sais donc rien de tes parents ?

Kira hocha négativement la tête.

— J'ai longtemps cherché. Arkangel a mis beaucoup de moyens pour m'aider… En vain. Les archives me concernant ont brûlé dans un incendie qui a ravagé l'orphelinat en 2000.

— Admettons. Quelle est la nature de ce deal ?

— Viens avec moi, jusqu'en Russie. Il t'expliquera.

— Qui ça, « il » ?

— Je ne peux t'en dire plus.

— C'est trop et pas assez ! tonna Bolan.

— J'en suis consciente, mais c'est à lui de t'expliquer. Je nous mettrais en danger si je t'expliquais maintenant.

— Personne ne me met en danger, gronda Bolan. Et tu sais pourquoi ?

— Parce que tu n'as pas peur de mourir, répondit Kira.

— Parce que je suis déjà mort cent fois, corrigea Bolan.

— Fais-moi confiance.

— Si tu veux me convaincre, trouve autre chose.

— Fais-moi confiance, répéta-t-elle comme un mantra.

Tout en Bolan refusait ces derniers mots sortis de la bouche de Kira. Il se sentait trompé, noyé dans un océan de désillusion. Emporté par un maelström de rage dont le tourbillon allait l'engloutir.

— Je voulais juste avoir un nom, sanglota soudain Kira, comme une main tendue vers le naufragé. Tu comprends ? L'espace d'un instant dans ma vie, je voulais savoir ce que ça faisait que d'avoir une famille… Juste un nom, répéta-t-elle.

Bolan surmonta la force centrifuge de ses émotions. Remonta leur courant destructeur et s'échoua sur une berge inconnue, apaisée. Si Kira disait vrai, il avait un fils. Goran. Un fils qui était peut-être encore en vie, quelque part dans ce vaste monde que Bolan peinait de plus en plus à reconnaître. Bolan s'était trompé. Ce n'était pas lui qui changeait, mais le monde et ses crimes. Il ne l'avait pas compris, parce que jusqu'à ce jour, il était seul pour affronter cette mutation. Aujourd'hui, il avait la possibilité de ne plus l'être… Et peut-être qu'elle le méritait.

— Que penses-tu de Bolan ? Kira Bolan, proposa-t-il d'un ton définitif.

Mais le combat de Mack Bolan continue…

La pluie, comme la nuit, tombait dru. De lourdes lignes verticales perforaient la canopée, mitraillaient le sol détrempé.

Impacts liquides et sonores.

Bolan, en treillis et gilet tactique, progressait avec difficulté au milieu d'une épaisse forêt de résineux, remontant un long fleuve de ténèbres naissantes. Chaque pas lui coûtait. Les semelles de ses Rangers collaient, s'enfonçaient parfois dans l'humus transformé en boue. Butaient contre des troncs pourris et des branchages aux formes grotesques abattus par des vents mauvais. Les sangles de son paquetage lourdement chargé sciaient ses larges épaules. La visière de sa casquette, aux motifs de camouflage MultiCam gouttait en rideau, limitant sa visibilité à quelques mètres.

Ce n'était pas le Viet-nam, mais ça y ressemblait.

En pire.

Bolan soupira.

Il détestait les Balkans et son lot de spectres malsains, de fantômes échappés de charniers, qui enveloppaient l'étranger de froides nuées. Lui faisant amèrement regretter l'aventure sur ces terres meurtries par tant de guerres et de haine…

Concentré, son esprit chassa les démons qui l'assaillaient. Puis il jeta un coup d'œil à sa boussole numérique.

Orientation Nord-Est.

Malgré une météo exécrable, un terrain lourd et gras, la trajectoire était bonne. L'Exécuteur fonçait droit sur son objectif. Tête baissée et préparée. Cette fois, à la certitude qu'il œuvrait pour une juste cause, s'ajoutait celle, non moins prégnante, d'agir pour le Bien commun. Ils allaient débarrasser la planète d'ordures qui commercialisaient des enfants. Trente jours d'intense préparation le séparaient du moment où, avec Kira, il s'était décidé à mener ce blitz. Trente jours durant lesquels il avait pu mesurer la force et la détermination de celle qu'il avait crue être sa fille. De celle dont il ne partageait finalement pas le sang, mais toute la vindicte furieuse.

Soudain, il franchit la frontière. Ligne invisible qui serpentait non loin des Bjeshkët e Nemuna, les montagnes Maudites, séparant Kosovo et Albanie. Il entra ainsi presque sans s'en apercevoir au « pays des aigles ». Et songea que cette région du monde était longtemps restée fermée à toute intrusion extérieure, depuis 1945 jusqu'à la fin du régime communiste d'Enver Hodja en 1985. A l'exception de quelques barbelés rouillés, la démarcation était floue. Pourtant, de l'autre côté, un sentiment familier l'aiguillonna. Il planait ici une fragrance connue. Remugles d'effroi et de terreur.

Ce parfum âcre et tenace, Bolan le connaissait bien.

C'était celui du danger…

Le visage de Kira se dessina brusquement dans son espace mental. Elle avait insisté pour l'accompagner. Il avait refusé et tenu bon malgré son insistance. Trop impliquée, elle risquait de faire échouer l'opération. Elle était donc restée en retrait dans un ancien aérodrome situé trente kilomètres au sud, d'où ils s'étaient infiltrés grâce à « Chester », un ami Casque Bleu de Bolan. Dans quelques heures, ils s'exfiltreraient par le même biais.

Bolan comprenait les motivations de Kira. Cet objectif qu'il s'apprêtait à détruire symbolisait tout ce passé, qu'elle cherchait désespérément à effacer et que Bolan, lui, voulait recomposer. Avant d'en faire table rase, il devait donc s'assurer de l'existence et du destin de ce garçon dont lui avait parlé Kira. Ce garçon enfermé en même temps qu'elle, alors qu'elle n'avait que neuf ans, dans l'une des geôles du réseau Phénix…

Bolan dompta ses muscles raidis par l'effort et accéléra le pas, fouetté par ses sens en alerte et dopé par l'envie de savoir. Ses lèvres soufflaient des volutes d'air tiède à intervalles de plus en plus rapprochés. Le rythme s'intensifiait. Le dénivelé aussi. Malgré l'effort, il fallait maintenir la vigilance. Faire attention aux mines terrestres antipersonnel à effet de souffle, à celles qualifiées de bondissantes à fragmentation… L'armée yougoslave avait arrosé aléatoirement cette sensible zone frontalière avec un nombre impressionnant de ces armes cruelles et sournoises. Il ne se passait pas une semaine sans qu'un immigrant clandestin, un chasseur ou une simple mère de famille n'éprouve dans sa chair leur pouvoir destructeur, y laissant au mieux un ou plusieurs membres, au pire la vie.

Le soleil déclinait.

Bientôt, il ferait nuit noire.

Parvenu au sommet d'une colline, Bolan s'arrêta et profita d'une accalmie pluvieuse pour observer un lac d'altitude situé en contrebas. Dans les ultimes lueurs du jour, ses eaux bleu cobalt reflétaient la majesté des arbres séculaires et des conifères constituant le massif forestier qu'il venait de traverser. Il s'abreuva à l'impressionnant silence qui coulait ici. Quiétude à peine perturbée par le feulement d'une brise.

Calme avant une tempête de feu et de rage.

Puis il s'empara de ses jumelles de vision nocturne, les sangla autour de sa tête et les ajusta. Les instruments optiques amplifièrent la luminosité résiduelle dans les zones rapprochées. Son environnement s'illumina de vert. Equipé, Bolan reprit sa progression. Grimpa de nouveau. Un col, cette fois. Ascension pénible qui l'obligea à puiser dans ses réserves d'énergie.

Ses muscles brûlaient.

Ses pensées restaient claires.

Son plan limpide.

Parvenu au sommet de l'ensellement du col, Bolan découvrit un vaste champ de pierres poudreuses, ponctué de gros rochers lactescents. Il marcha dans la caillasse blanche. Ses pas crissaient.

Les vivants ne sont que des morts en permission dans cette vie, songea-t-il en foulant le sol de ce lieu aussi étrange qu'inquiétant.

Soudain, niché au pied d'un massif composé de brisants striés de neige, il aperçut la silhouette massive d'un bâtiment qui se découpait dans la lumière verdâtre inondant son regard. Il était arrivé.

Bolan s'immobilisa sous un ciel devenu clair et où scintillaient des millions d'étoiles. Il posa son sac, y fouilla, puis en extirpa deux pistolets semi-automatiques, des Glock 19 munis de silencieux et chargés en munitions 9mm Para. Décrié à cause d'un diamètre considéré trop faible pour neutraliser immédiatement une cible, le 9 mm offrait pourtant un excellent compromis entre puissance et recul, notamment grâce à sa vitesse, à la bouche importante. Si les mauvais tireurs fuyaient ce calibre, Bolan l'affectionnait. Il rendait la chasse plus excitante.

Il rangea les deux Glock dans leurs holsters de cuisse situés de part et d'autre de sa taille, remplit les poches de son gilet tactique avec des chargeurs et des grenades, puis sortit du sac une balise GPS qu'il arma et abandonna derrière lui.

Sur l'engin, deux diodes vertes se mirent à clignoter.

Bolan avança furtivement jusqu'à un mur qui enserrait l'imposant bâtiment surgi d'un néant d'obscurité. Il s'agissait d'un monastère construit au XIVe siècle par le roi serbe Stefan III Decanski. A l'époque turque, des Albanais s'étaient partagé sa charge, prestigieuse et rémunératrice. Aujourd'hui les lieux étaient abandonnés, des hommes et surtout de Dieu. Des monstres avaient remplacé ces derniers. Des monstres qui allaient payer le prix fort pour leur ignoble crime.

L'Exécuteur contrôla sa montre.

Il lui restait vingt minutes.

Puis il se remémora l'image du satellite d'observation réactivé dans son repère du Denali et contrôlé par Kira. L'entrée principale du monastère se trouvait à vingt mètres sur sa gauche. Arme au poing, telle une ombre, il rasa une muraille à moitié écroulée. Et tomba rapidement sur deux sentinelles qui en gardaient l'accès. Ces derniers ne perçurent ni la présence de l'ennemi, ni les deux détonations atténuées. Leurs silhouettes s'écroulèrent, tour à tour, le crâne perforé de part en part.

Bolan fonça vers les cadavres, les enjamba et passa sous une arche gardée par un chérubin de pierre. Il trouva une imposante porte entrouverte devant lui, poussa précautionneusement un des lourds battants. Et glissa son regard coiffé de jumelles vers l'intérieur.

Il découvrit une cour déserte où stationnaient deux gros véhicules tout-terrain.

Puis aperçut une fenêtre allumée dans une partie restaurée du monastère. Il se courba légèrement et avança avec la ferme intention de consacrer de nouveau ces lieux abandonnés par les Cieux.

A sa manière.

Dans la fureur et le chaos.

*

Parvenu à la hauteur des 4x4, Bolan s'accroupit et s'adossa contre la carrosserie noire de l'un d'eux. Il programma le détonateur d'une charge de plastic aimantée et la plaça sous le moteur. Puis il scruta ses environs immédiats. Selon les indications de Kira, les cellules se trouvaient près d'un clocher effondré. Il ne tarda pas à repérer l'édifice, situé trente mètres sur sa droite, et se releva.

A peine redressé, il tomba nez à nez avec un homme armé d'un fusil d'assaut AK-47 qui, visiblement, patrouillait. Ce dernier, surpris par l'apparition de ce fantôme aux allures de robot, mit quelques secondes à réagir. Un temps que l'Exécuteur exploita, puisant dans le riche enseignement qu'il avait reçu en close combat.

Maîtriser le stress.

Cibler des zones anatomiques précises.

Endommager les yeux, briser la nuque, casser les genoux, écraser la gorge…

Mettre hors d'état de nuire.

Occupé à étrangler sa victime, Bolan ne perçut que trop tard un autre adversaire se profiler dans son dos. Alors qu'il s'apprêtait à réagir et faisait volte-face, cette seconde menace s'effondra comme un ballon percé devant lui. A sa place, dans la pénombre verte et scintillante générée par les jumelles de vision nocturne, se découpa une silhouette familière. Bolan desserra la main qui tenait le manche d'un coutelas prêt à fuser et adressa une série de signes à l'apparition qui venait de lui porter secours.

Tous deux tirèrent les cadavres hors de vue et se retrouvèrent accroupis derrière le véhicule tout-terrain où le compte à rebours du détonateur égrenait les secondes restantes avant l'explosion.

— Qu'est-ce que tu fiches là ? chuchota Bolan, énervé.

— Tu ne peux plus t'en sortir tout seul, répondit doucement Kira.

Achevé d'imprimer en juin 2012

CPI
BRODARD & TAUPIN

La Flèche

— N° d'imprimeur : 66929 —
— N° d'éditeur : Ex. 300 —
Dépôt légal : août 2012.

Imprimé en France